Het zal anders

Charles van Wettum

Published by Muttew, 2023.

HET ZAL ANDERS

First edition. April 4, 2023.

ISBN: 979-8215368114

Written by Charles van Wettum.

Inhoudsopgave

Teruggaan valt niet mee

Het is bijna sluitingstijd als Greg de supermarkt binnenloopt. Nog vlug even een paar boodschapjes voor het eten van vanavond. Een pizza, een paar blikjes Radler en wat Griekse yoghurt als dessert. En dan vanavond voetbal kijken. Het kan beroerder.

De winkel is vrijwel verlaten, niemand is zo gek om twee minuten voor sluitingstijd nog binnen te komen. Op het moment dat hij binnenloopt, hoort hij de eerste oproep voor alle klanten om naar de kassa te komen. Maar tijd is tijd, Greg is klokvast en hij weet precies waar hij moet zijn. Rechts staan de pizza's achter in de winkel in het koelschap – Greg wil een verse, niet zo'n diepvriesding. Dan naar de bieren en terug naar de kassa langs het zuivelschap. Het kan makkelijk binnen twee minuten.

Op de route van de pizza naar het bier komt hij langs het non-food vak. Meestal een dumppartij speelgoed en goedkope doe-het-zelf-prullaria, maar soms heeft de inkoop een restpartij goed spul op de kop getikt. Altijd leuk om in het langslopen even naar te kijken.

Kijk, dat is bijvoorbeeld wel leuk ding. Een passpiegel. Manshoog, niet zo'n saaie rechthoekige maar een heel fluïde vorm met een in alle kleuren van de regenboog flonkerende lijst. Creatief, mooi gemaakt, de lijst lijkt wel van licht. Knap gedaan! Sam is volgende week jarig en Greg is nog op zoek naar een leuk cadeautje, dit zou wel heel passend zijn. Er is er maar eentje, dus als hij hem hebben wil, dan moet het nu. De prijzen in deze winkel voor de non-food zijn meestal best redelijk, waar zit het labeltje? Greg voelt langs de lijst – zijn hand zakt erin weg. Die buitenrand is van écht licht, hoe hebben ze dat gedaan? Als hij vooroverbuigt om de spiegel van dichterbij te bekijken zoekt hij even met zijn hand houvast tegen het glas. Zijn hand schiet door het spiegelende oppervlak heen, zijn hele arm verdwijnt erin, hij raakt zijn evenwicht kwijt en valt voorover. Op het moment dat hij door de spiegel verdwijnt, hoort hij over de omroepinstallatie van de supermarkt nog net de laatste oproep voor klanten om naar de kassa te komen. Dan tuimelt hij in het gras. Zijn boodschappentas met de pizza is met hem meegekomen.

WORMGAT. TELEPORTATIE. Het lezen van SF is soms toch nuttig, denkt Greg. Het bereidt je voor op onverwachte situaties zodat je dan niet in paniek raakt. Hij is dus nu gewoon van de ene plek naar de andere verplaatst. Hij wist niet dat het ook buiten de SF-boekjes al kon, maar hij heeft de laatste tijd ook niet alle populairwetenschappelijke literatuur goed bijgehouden. Als het gebeurt, dan kan het – dat is Cruijffiaanse logica.

Als Greg rondkijkt, ziet hij niets anders dan een eindeloze grasvlakte. Een weide met lichte glooiingen, meest laag gras met stukken waar hogere pluimen in de zachte wind wuiven. Er zijn in het gras op sommige plaatsen wat bloemetjes te zien, een paar witte, veel gele, en daar staan felblauwe bloemen. Mooi! In de verte gaat het gras over in bomengroepen. Tegen de bosrand staan dieren te grazen aan de rand van een groot meer, op deze afstand kan Greg ze niet herkennen. Grote runderen, dat zou kunnen. Aan de andere kant ziet hij boven het gras een groep vogels in een V-formatie vliegen. Ganzen.

Maar hoe Greg ook zoekt, nergens ziet hij gebouwen of andere tekenen van bewoning. Waar op aarde heb je zulke grasvlakten? Zou hij ergens in Amerika zijn, staat hij midden op een prairie? Misschien is dit een savanne, die horen volgens hem bij Afrika. Of misschien een ranch in Zuid-Amerika, die schijnen ook ontzettend groot te kunnen zijn. En zou Australië grasvlakten hebben?

Vlak voor hem staat nog steeds de spiegel. Ja, het is een echte spiegel: hij ziet zichzelf erin, hij kan er niet doorheen kijken. Pas nu ziet hij op de spiegel aan de bovenzijde vijf draaiknoppen. Eromheen staan woorden. Gewone letters maar onbekende woorden.

'Fijnstructuurconstante' staat er naast de eerste knop. Nooit van gehoord, denkt hij. Dat met de draaiknop een waarde mogelijk is van 0,0 tot 0,1 zegt hem niets. De tweede knop heet 'Plancklengte', er lijken standen mogelijk tussen 0,1 en 10. Ook onbekend. De derde kent hij: 'Lading elektron' staat er, te kiezen tussen 0,1 en 10. Dat moet in de één of andere eenheid zijn, denkt Greg, want volgen hem was die lading ontzettend klein. Bij de vierde wijzer staat 'Lichtsnelheid'. Ah, die weet hij: de lichtsnelheid is 300.000 kilometer per seconde. De lichtsnelheid is absoluut niet variabel, het is juist ongeveer de enige grootheid die absoluut is. Maar toch: bij de knop kan worden gekozen van 0,1 tot 10. Dat is vreemd. Voor de lading van het elektron geldt trouwens hetzelfde, hij weet zeker dat die niet kan veranderen. Die andere twee zou hij niet weten. Het is heel merkwaardig. Bij de vijfde knop staat 'Fijnafstelling'. Er staan geen getallen bij, alleen een pijltje linksom en een pijltje rechtsom.

Terwijl Greg met de knoppen bezig is, zijn de vogels dichterbij gekomen. Uit hun richting komt een langzaam harder wordend geruis. Het zijn grote vogels, ziet hij, ze vliegen niet recht op hem af maar zullen hem op een meter of honderd passeren. Ze zijn héél groot, veel te groot voor ganzen. Ze komen hem bekend voor. In een reflex laat hij zich vlak op de grond vallen - nu is er wel paniek, deze vogels kent hij uit de film. Pterodactilus, schiet hem te binnen, zoiets was het. Het zijn er een stuk of dertig. Ze zien hem niet of ze trekken zich niets van hem aan. De formatie vliegt onverstoorbaar door en verdwijnt in de richting van het meer.

Dat is duidelijk. Deze vogels bestaan nergens op aarde. Greg gaat in het gras zitten. Hij moet nadenken.

Teleportatie. Zou dat naar een andere planeet kunnen zijn verplaatst? Maar de zwaartekracht is hier gewoon de aardse zwaartekracht, de lucht is weliswaar frisser dan hij gewend is maar het is wel aardse lucht. Dat zou wel heel toevallig zijn op een andere planeet. Nee, besluit Greg, dat kan het niet zijn.

Tijdreizen, dan? Zou hij in het verre verleden terecht zijn gekomen, in een tijd dat de dinosauriërs nog op aarde zijn? Dat zou een verklaring kunnen zijn. Behalve natuurlijk dat terug in de tijd onmogelijk is. Net als teleportatie, denkt hij, zichzelf corrigerend. Goed, als dit tijdreizen is, wat dan? Als hij terug door de spiegel stapt, gaat hij dan weer vooruit in de tijd? Evenveel? Of juist verder terug? Misschien zijn die draaiknoppen er om dat te regelen. Maar dan zou één knop met een jaartal voldoende zijn en ook nog veel makkelijker. Net als bij die tijdmachine uit dat boek van Wells.

Achter hem klinkt geritsel. Met een ruk draait hij zich om. Een dertig centimeter hoog diertje staart hem aan. Een saurusje. Drie anderen verschijnen ernaast. Ze kijken hem slim aan. Greg is niet vertederd: hij kent die beestjes uit een film! Hij weet zo snel de naam van het diertje niet meer, maar hij kan zich levendig de scene herinneren waarin de beestjes voorkwamen. Het was een bloederige scene waarmee de figurant zijn rol in de film erg definitief beëindigde. Ze jagen in groepen, weet hij zich te herinneren, en ze bespringen hun prooi en vreten in een paar minuten alle vlees van de botten. Heten ze piranha? Nee, dat is een vis. Het maakt ook niet uit – hij ziet dat er inmiddels nog drie anderen bij zijn gekomen. Maken ze zich nu klaar voor de aanval? Langzaam kruipt hij achteruit naar de spiegel, de beestjes volgen hem.

Ze lachen – of is het een andere emotie als ze al hun tanden tonen? De tanden zien er scherp uit en het zijn er veel. Heel veel. Zonder na te denken springt Greg op en in dezelfde beweging schiet hij door de spiegel. Hij ziet nog net dat het voorste dier zich op de boodschappentas met pizza werpt.

KOUD! HIJ ZIT IN DE sneeuw, vlak achter hem staat de spiegel. Zijn hoofd en rug voelen niet koud aan,

maar zijn vooruitstekende voeten bevriezen bijna in de langs stormende sneeuw. Als hij zijn voeten optrekt, merkt hij direct dat ze daar minder koud zijn. Ah, goede ontdekking: vlak bij de spiegel is er een soort beheerst klimaat en als je van de spiegel vandaan beweegt kom je in het buitenklimaat terecht. Een beetje angstig tuurt hij in het halfdonker van de sneeuwstorm – welke beesten gaat hij hier tegenkomen? IJsberen? In ieder geval geen dinosauriër. Die waren koudbloedig. Toch?

Een flits in de lucht maakt hem alert – waar kwam dat vandaan?

Als de wind even gaat liggen, wordt het wat lichter. Een nieuwe serie flitsen verlicht de horizon, ze zijn ver weg maar wel duidelijk. Plotseling beseft hij dat er in de lucht iets niet in orde is. Hij kijkt omhoog: het lijkt op volle maan, maar de maan is niet vol. In plaats van een ronde bol hangen er brokstukken in de lucht, grote brokken van de maan met zwermen kleinere stenen eromheen, gehuld in grote wolken stof. Het geheel wordt verlicht door de zon, het geeft veel meer licht dan de volle maan thuis. Een kapotte maan. Hoe? Hij heeft geen idee, maar het is wel duidelijk dat dit geen gezonde omgeving is. Waarschijnlijk zijn hier al duizenden jaren meteorietenregens, elke keer als losgebroken brokstukjes maan in de atmosfeer terecht komen. En dat zal nog heel, heel lang doorgaan. Tot er een keer een echt groot stuk naar beneden komt. Deze plek is ten dode opgeschreven. Hij moet hier weg. Maar waarheen?

Parallelle universa. Het kan niet anders. Greg heeft kortgeleden nog een boek gelezen waarin dat het thema was. Over duizend werelden, of zo. Verschillende universa, veroorzaakt door kleine variaties in eigenschappen. Ah, daar begint een lichtje te branden: die knoppen geven de instellingen aan van de verschillende werelden. Als hij terug wil, hoeft hij alleen maar de instellingen te vinden die voor zijn thuiswereld gelden. Of beter: voor zijn thuisuniversum.

HET ZAL ANDERS

Hoeveel mogelijkheden zouden er zijn? Vier primaire knoppen, met ieder ... De instellingen zijn continue en hij heeft geen idee hoe gevoelig ze zijn. Zouden er per knop tien standen zijn? Dan komt hij op tienduizend mogelijkheden. Als er per knop honderd mogelijkheden zijn, ai, dan zit hij al op honderd miljoen. Als die knoppen heel erg gevoelig zijn, dan loopt het al snel in de duizenden miljarden. En 'fijnafstelling', de naam suggereert dat het de laatste is die je gebruikt als je met de andere knoppen heel dichtbij bent gekomen. Gewoon gokken is geen optie, realiseert hij zich, hij heeft een systeem nodig. Hij begint trek te krijgen - was hij die pizza maar niet kwijtgeraakt.

HERINNERINGEN ZIJN rare dingen. Het geheugen heeft de merkwaardig eigenschap om je door onvoorspelbare associatie opeens aan dingen te laten denken die je twintig jaar lang volkomen vergeten was. Greg herinnert op dit moment bijvoorbeeld een opgave die hij ooit met economie had gehad. Of was het wiskunde? Nou ja, die waren soms nauwelijks te onderscheiden. In ieder geval heette het proces 'optimalisatie van een doelfunctie'. Of zoiets.

Wat hij zich van zijn lessen kan herinneren is de aanpak: dat je alles constant moest houden behalve één variabele, en die ene kon je dan variëren en dan moest je kijken wat er met de doelfunctie gebeurde. Dan zocht je naar de waarde waarbij de doelfunctie maximaal was, en daarna moest je hetzelfde proces herhalen voor de tweede variabele en daarna een andere, enzovoorts. Als je dan met de laatste klaar was, dan had je het optimum. Als je tenminste een voldoende nette doelfunctie had, anders werd deze methode een zootje. Nou ja, hij weet op het moment niets beters en niets doen is ook geen optie. Aan de slag, dus.

Greg draait zich om. In de spiegel ziet hij de sneeuwstorm achter zich, de wind dringt gelukkig nauwelijks door in de bubbel rond de spiegel.

Goed. Eerst die knop met 'Fijnstructuurconstante'. Hij draait de knop zover mogelijk naar links, er verschijnt een klein displaytje met het getal '0,1'. Het cijfer knippert even en blijft dan staan. Daar gaat hij dan. Voorzichtig steekt hij zijn hoofd door de spiegel.

Het donker is donkerder dan donker ooit donker is geweest. Het donker is hier niet de afwezigheid van licht, het is de afwezigheid van de mogelijkheid van licht. Het is de ondenkbaarheid van ruimte waardoor licht zich zou kunnen voortplanten. Hier is geen ruimte, geen tijd, het is universum zonder de mogelijkheid een universum te zijn. Met een ruk trekt Greg zijn gezicht terug. Zijn ogen voelen aan alsof ze leeggetrokken zijn, zijn hersenen lijken opgelost in absolute betekenisloosheid. Dit was een slecht experiment, denkt hij, als de leegte in zijn hoofd zich langzaam weer opvult met werkelijkheid. Misschien is het niet goed om in uitersten te beginnen, in het midden beginnen is misschien rustiger.

Hij zet de fijnstructuurconstante in ongeveer de middelste stand, de display zegt '0,01'. Voorzichtig, met zijn ogen dicht steekt hij zijn hoofd door de spiegel. Er gebeurt niets. Voorzichtig opent hij zijn ogen. Zijn gezichtsveld wordt gevuld door gigantische bollen. In alle kleuren, in alle groottes. Waar ze elkaar raken, zijn ze een beetje ingedeukt. Sommigen lijken massief en hard, anderen hebben de structuur van schuim. Een ballenbak, denkt hij lachend. Leuk voor IKEA maar niet voor zijn universum.

Hij draait de wijzer naar '0,001'. Het universum is gevuld met miljarden rode puntjes. Alleen maar rood, alleen maar puntjes. Onder zich ziet hij geen grond, er is geen planeet aarde. Greg steekt zijn hoofd iets verder door de spiegel om rond te kijken. Iets naar rechts hangt één heel grote donkerrode bol. De bol vult bijna de halve hemel, maar geeft weinig licht. Boeiend, maar niet wat hij zoekt. Greg trekt zijn hoofd terug.

Het display geeft aan '0.00001'. Maar weer voorzichtig doen, denkt hij. Al wanneer hij met gesloten ogen zijn hoofd een klein stukje door de spiegel steekt is duidelijk wat er aan de hand is. Het witte licht is zo hel dat zijn ogen zelfs met gesloten oogleden direct verzadigd zijn. Overbelast. Hij trekt zijn hoofd in pijn terug en slaat zijn handen voor zijn gezicht. Auw! Fout.

HET IS DRIE UUR LATER. Greg heeft een grondige hekel gekregen aan experimenten waarbij hij zelf het proefkonijn is. Alles heeft hij gezien. Van permanent exploderende sterren tot zwarte en blauwe en groene leegten. Van rondschietende flitsjes tot een massieve prut die hem nog het meest deed denken aan half gestolde pindasaus.

Het duurde vijfduizend pogingen en drie uur voordat hij instellingen kreeg waarbij een aarde in beeld kwam: een grond onder zijn voeten en beetje herkenbare nachtlucht met sterren. Nog een half uur later was het hem gelukt om de grond een beetje massief de krijgen in plaats van alle vormen van pruttelende soep of klotsende lava of pukkelige oliebol. De lucht een beetje luchtig, in plaats van alle denkbare varianten van soep en frisdrank met en zonder koolzuur.

Weer een half uur later verscheen opeens in zijn beeld een gebouw. Hij kwam dichterbij! Bij het iets te ver doordraaien van de vier knoppen verdween het gebouw direct uit beeld. Deze stand lijkt voor die vier knoppen de beste stand, denkt hij. Het komt nu waarschijnlijk op de fijnafstelling aan.

Hij kijkt naar de waarden op de display. De knop Fijnstructuurconstante zegt '0,00729661'. De andere waarden zeggen hem evenmin iets. Hij kan niet beter dan dit – dit moest het maar zijn. Als hij zijn hoofd door de spiegel steekt, kijkt hij in een winkel.

DE WAND WAAR HIJ TEGENAAN kijkt, is een uitstalling van gereedschappen. Greg ziet een heggenschaar, maar ook machines waarvan hij werkelijk niet weet waar die voor bedoeld kunnen zijn. Dit is niet goed, in zijn wereld was dit een supermarkt. Hij moet fijnafstellen. Met kleine stapjes doorloopt hij de mogelijkheden. De fijnafstelling kan doordraaien, eindeloos linksom en eindeloos rechtsom.

Een paar stapjes verder – de schap met gereedschap is verdwenen, er staan nu meubels van een bizar ontwerp te koop. Als Greg nog verder draait, zijn ook de meubels er niet meer. De winkel staat leeg, bij een paar stapjes verder verdwijnt de wand en kijkt hij uit over een groot parkeerterrein. Dit is niet goed – de andere kant op.

De wand met gereedschap verschijnt weer. Kleine stapjes nu. Daar verschijnt een supermarkt! Hij is er bijna. Maar dit is nog niet de goede supermarkt. Hier kijkt hij uit op een rek met zoutjes, het wil een koelvak met pizza's zien. Nog een klein stapje – kijk uit, niet te groot want als je er voorbij draait moet je straks weer helemaal terug.

Daar verschijnt een koelvak. Er liggen nu voorverpakte groenten in. Dat is niet goed, het moeten pizza's zijn. Diepvries in het onderste vak en verse pizza's tegen de wand. Ah, daar verschijnen pizza's. Allerlei soorten. Dat is goed, dat is heel goed.

Greg draait nog een klein stukje verder. Het blijft een koeling met pizza's, er lijkt niets te veranderen. Nog een paar stapjes. Dat is vreemd, het stuk waarin dit een koeling met pizza's is, is heel groot. Maar de wereld erachter is wel anders, natuurlijk, alleen die heeft geen invloed op deze schap. Wat nu?

Even overweegt hij om door de spiegel te stappen om van dichterbij te kijken, maar dat idee verwerpt hij direct: stel dat dan blijkt dat hij verkeerd zit, stel dat hij dan weer de spiegel door moet en dat het hele proces van zoeken opnieuw moet beginnen. Dat kan hij niet aan. Moet hij dan zomaar op de gok ergens een wereld ingaan? Maar wat moet hij als blijkt dat hij een parallel universum instapt waar Sam niet bestaat? Of nog erger: waarin hij een ander heeft? Geen denken aan! Hij moet in één keer het ene goede universum hebben – hij moet iets vinden waardoor hij zeker weet dat hij goed zit.

Hij draait de finetuning terug, klein stapje voor klein stapje. Met pijnlijke ogen staart Greg naar de koeling. De pizza's zijn driehoekig. Dat was in zijn universum niet zo, dat weet hij zeker. Daar ligt in het schap een pizza met vijgen. Smérig, dan kan zijn tijdlijn niet zijn.

Daar verschijnt een merk 'Apple-pizza' - misschien had Steve Jobs ooit de mogelijkheid een pizza-fabriek over te nemen maar hij weet zeker dat het niet in zijn wereld was. Dan verdwijnen de pizza's uit het schap en komen de verse groeten er weer in.

Nog een keer. Stap voor stap, klein tikje voor nog kleiner tikje. Hoe moet hij zijn eigen universum herkennen? Waaraan kan hij het zeker weten?

Dan... Een flits van inzicht. Onmiskenbaar. Absoluut zeker. Zonder enige aarzeling stapt Greg uit de ijswereld door de spiegel de supermarkt in. Het leidt geen enkele twijfel. Uit de luidsprekers van de winkel hoort hij het laatste deel van de vraag of de klanten in verband met de sluitingstijd zich naar de kassa willen begeven. Natuurlijk, de tijd verloopt anders als je tussen universa heen en weer hopt, dat spreekt vanzelf.

Snel pakt hij zijn pizza en loopt naar de kassa. Hij twijfelt geen seconde aan de juistheid van zijn beslissing en kijkt lachend nog een keer naar de doos die hij straks gaat afrekenen.

Pizza Hawaï - dat kunnen ze onmogelijk ergens anders bedacht hebben.

Datazee

Waltz en Mazurka was geschokt toen het door de voordeur in de zaal naar binnen was gelaten.

De schok was niet dat het een gigantisch grote zaal was, zo groot als een voetbalveld met een plafond op minstens twintig meter hoogte en misschien wel het meest imposant door de volledig leegte. Dat de ruimte imposant zou zijn, wist het al uit colmem; virtueel had Waltz en Mazurka deze korte wandeling al tientallen keren geoefend. De schok was ook niet het volledig wegvallen van het auditieve rumoer van het grote plein voor de voordeur, de flitsende commercials en hologrammen waar elke bewoner voortdurend doorheen liep – de normale achtergrondruis van de grote stad.

Nee, de schok was het wegvallen van Datazee.

Het enkele feit dat de alomtegenwoordige digitale communicatie zou wegvallen op het moment dat achter het de deur dicht viel was natuurlijk bekend. Alle gebruikers hadden het gemeld en verteld dat het een schok was. Maar wéten was duidelijk niet genoeg: het erváren was de schok. Afwezigheid van Datazee. Alle honderden flitsjes van communicerende vrienden waren verdwenen. De tabs van de duizenden muziekzenders, nieuwskanalen, medialijnen en colmemkabels waren van het ene op het andere moment afwezig. Geen audiosignaal drong via het onderbewuste binnen, geen memactivering borrelde op uit het onbewuste geheugen. Geen enkele commerciële partij drong langs de zijlijn van het blikveld aan op inlog of tenminste een paar bytes dataverkeer. Helemaal níets vroeg nog om aandacht. Schokkend!

De Waltz-emotie reageerde panisch. Dat was te verwachten, het was altijd de intuïtief reagerende partij in de bipersoon. De adem stokte en in blinde paniek begon het alle kanalen te scannen, vrienden te appen, de omgeving te ioten. Natuurlijk had niets enig resultaat, waardoor de Waltz-emotie alleen nog maar feller op zoek ging naar enige vorm van respons.

De Mazurka-emotie voelde het gebeuren, zoals altijd reageerde met volledige zorg en aandacht voor de Waltz-emotie. Dat hielp. De Waltz-emotie voelde de deken van zorg en aandacht en gaf zich over aan de veiligheid die daardoor gegeven werd. Het was niet voor niets dat de twee emoties zo'n fantastische basis vormden voor een geïntegreerde persoonlijkheid.

Langzaam richtte Waltz en Mazurka zich weer op de omgeving. De waarneming was door de absentie van Datazee uitsluitend fysiek. Geen digitale toevoegingen aan de realiteit, geen kleurprioritering, geen tabtoevoeging aan waarnemingen of objectinterpretatie die het leven in de gecompliceerde maatschappij ondersteunde. Zoals buiten deze zaal Datazee het denken en voelen compleet in beslag nam, zo zoog nu de afwezigheid ervan alle aandacht en energie op. Waltz en Mazurka had alle geestelijke stabiliteit nodig om zich overeind te houden.

Ergens achter in het bewustzijn kwam de gedachte op dat dit misschien ook wel de bedoeling van deze omgeving was.

HET ZAL ANDERS

De gedachte werd opgeslagen voor latere evaluatie - lokaal opgeslagen, uiteraard.

DOOR DE ZAAL KLONK de zachte quote die iedereen kende van de opening van een rechtszaak. Zacht, maar imponerend en duidelijk gecomponeerd om de luisteraars te dwingen alle aandacht op de komende mededeling te richten. Het werkte. Direct na de quote kwam de mededeling die Waltz en Mazurka kende uit alle weergaven die het op colmem had kunnen vinden over rechtszaken. Het gaf vertrouwen aan de geschokte persoonlijkheid.

'Welkom bij Justice, uw AI-servicerechtbank. Conform de wet is alle communicatie op basis van geluid. Ons gesprek wordt opgenomen. Bevestig uw identiteit.'

Waltz en Mazurka probeerde de ID te zenden, merkte dat er geen bevestiging van verbinding kwam en schakelde over naar verbaal. Het was lang geleden dat het zo primitief had moeten communiceren.

'Ik ben Waltz en Mazurka. ID is ... '

'Dank u. ID is vocaal bevestigd. Beschrijf uw probleem.'

'Ik ben biologisch, grotendeels tenminste. Bipersoon. Fysiek dubbel, geïntegreerde persoonlijkheid. Emotionele functies en geheugen zijn deels gedeeld, bewuste verstandelijke functies zijn geïntegreerd, de onbewuste zijn gescheiden.'

'Ik ken uw dossier. Standaard bio-integratie niveau 2. Fiscale eenheid. Conservatieve keuze.'

Volgens Waltz en Mazurka slaagde Justice erin om ongeduldig te klinken. Het opende instinctief colmem om te checken of dat een bekende eigenschap van deze rechtbank was, maar de leegheid van Datazee sloeg als een koude wind in het gezicht.

'Ik heb interne emotionele problemen. Mijn huisdokter noemt het emotionele schizofrenie. Ik wil de bipersoon scheiden.'

'Dat is een medische vraag. Het is geen probleem en zeker geen juridisch probleem. '

Waltz en Mazurka haalde diep adem en keek zich in de ogen. Het zou het diepste geheim moeten vertellen.

'Ik heb een muziquote gecomponeerd. Die is opgeslagen in het gemeenschappelijk geheugen. Het is een topquote, het wordt gegarandeerd een hit. Ik word megarijk.'

Waltz en Mazurka kon het enthousiasme niet onderdrukken. Het wist dat al zijn emoties volledig leesbaar waren.

'Maar er is emotionele onenigheid over wie de eigenaar is. Mijn Waltz-emotie meent dat daar de bron van creativiteit ligt en dat dus de opbrengsten daar thuishoren. Mijn Mazurka-emotie meent dat al het werk na de eerst vonk de quote zo krachtig heeft gemaakt en dat daarom de opbrengsten in die richting horen te stromen. Er is geen overeenstemming en de quote kan nu niet vermarkt worden. Daarom is scheiding noodzakelijk, inclusief verdeling van opbrengsten.'

'Ik zie. Ik ben in deze zaak gekwalificeerd om onderzoek en uitspraak te doen. Ik heb uw akkoord nodig dat u onderzoek toestaat en de uitspraak zult accepteren. Er is geen beroep mogelijk.'

'Dat is goed, ik accepteer onderzoek en uitspraak.'

'Voor het onderzoek heb ik een download van zowel het gemeenschappelijke als de individuele geheugens nodig.

HET ZAL ANDERS

Daarnaast wil ik de emotiegeschiedenis meenemen. De totale download inclusief uitspraak kost ongeveer een uur. Uitspraak volgt direct daarna. U krijgt twee ligbanken en ik open datakanalen. U kunt verder doen wat u wilt, uitgezonderd communicatie buiten deze ruimte. Ik werk volgen standaardprotocol algemene voorwaarden, privacybescherming, uitsluiting aansprakelijkheid, uitsluiting beroep. Stemt u in?'

'Ik stem in.'

De vloer groeide twee comfortabele ligbanken. Waltz en Mazurka voelde het verzoek om dataverkeer en opende de geheugenbank. De emotiebank ging wat lastiger – dat was zo privé, dat deed het eigenlijk nooit behalve bij seks. Maar het was voor het goede doel.

Het uur datadroog leek eindeloos lang te duren. Waltz en Mazurka kreeg jeuk, kriebel in de kelen bij het ademen, aanvallen van lichte paniek bij de Waltz-emotie en neerslachtigheid bij de Mazurka-emotie, hallucinaties door de afwezigheid van digitale prikkels waardoor spontaan beelden verschenen van de Gorkumkoepel. Zoveel zelfervaring, zelfgevoel, zelfbeeld, zelfdenken had het nooit ervaren. Het was beangstigend. Maar tegelijk lonkte in de ervaringen een verte met onbekende belofte. De tijd kroop voorbij.

OP HET MOMENT DAT DE rechtbank zich meldde, lag Waltz op zijn ligbank te slapen, Mazurka lag de quote in het hoofd te perfectioneren. Waltz schrok wakker, de interne dataverbinding synchroniseerde direct geheugens en emoties. Waltz en Mazurka keek zich aan.

'Daar heb ik nog een mooie touch aangebracht. Dit is een kanjer!' De Mazurka-emotie werd opstandig. 'Dit is precies waar deze rechtszaak om gaat. Dit is van mij – blijf er af!' De Waltz-emotie grijnsde. 'Alles is van mij. Jij bent mij. Er is geen wij, er is al helemaal geen jij en ik. Nog niet, tenminste. Nu is alles ik.'

'Uw aandacht graag.'

Waltz en Mazurka ging staan. De ligstoelen verdwenen in de grond. De zaal was weer leeg.

'Ik wil u danken voor uw medewerking. De kosten van het onderzoek en de uitspraak zullen in rekening worden gebracht. De uitspraak is als volgt. Het is niet mogelijk in het door u benoemde creatieve proces om onderscheid te maken tussen bewuste en onbewuste processen. Uw onbewuste verstandelijke functies en emoties zijn separaat, daar zou een basis moeten liggen voor onderscheid in de bijdrage aan de door u genoemde quote. De opgeslagen bestanden tonen aan dat de onbewuste processen zijn gevormd en gestimuleerd door de bewuste processen en de emoties die gezamenlijk eigendom zijn. Daarmee zijn ook de onbewuste processen gevolg van een gemeenschappelijk creatief traject. Het is juridisch niet mogelijk het resultaat in te splitsen porties toe te wijzen. De uitspraak is dat ieder van de te scheiden personen vijftig procent zal ontvangen.'

In de zaal klonk de bekende quote van de beëindiging van de rechtszaak. Waltz en Mazurka keek zichzelf aan. De uitkomst was natuurlijk onontkoombaar, het wist eigenlijk ook wel dat het eruit moest komen maar intern was het niet gelukt. Het was fijn dat het nu juridisch vastlag. Nu kon het de quote uitbrengen en vervolgens rustig de scheiding regelen. De druk was er af, de emoties konden tot rust komen.

Langzaam liep Waltz en Mazurka terug naar de deur. Terug naar het leven, naar Datazee. Met een klap gingen alle datakanalen open. De honderden vriendenflitsjes 'fijn dat je er weer bent', 'duim op' verwarmden het. Nieuwszenders zoemden met alle nieuwtjes van het afgelopen uur en de verklikkers voor urgente updates verdrongen elkaar. Het favoriete muziekkanaal gonsde felrood van de nieuwste virale quotes, er was zó veel gebeurd in het afgelopen uur! Dwars door de muur van data drong de virale wonderquote van het afgelopen uur ....

HET STOND MET EEN SCHOK stil, nog in de deuropening die van Justice toegang gaf tot het plein. Met ongewone aandacht luisterde Waltz en Mazurka naar de afkondiging.

'Wat een quote, mensen', zond de ankerman, 'wat een gigaquote. Zoveel emotie in een paar seconden, zó strak. Die heeft een goede kans om quote van de dag te worden, misschien zelfs van de week. Dit is Unjustice, met de quote 'buyme'. En weet je wat? De quote is al aangekocht, over een paar minuten horen we door wie. Ze zeggen dat het de grootste transactie van deze week zou kunnen zijn. Dit is dé muzikale gebeurtenis van vandaag, misschien wel van de week of van de maand. Wat een belevenis. Dat wij daarbij kunnen zijn, dit mee kunnen maken! Unjustice heeft het geweldig gedaan... Luister nog een keer!'

De quote was zoals Waltz en Mazurka hem had opgebouwd een wervelende mengeling van geluids- en lichtervaring, gerichte activering van geheugen en geur en emoties – een integrale samenwerking van alle zintuigen en hersenfuncties. Waltz en Mazurka had die lijn vol open staan, zodat het overspoeld werden door enthousiasme en liefde toen de quote doorkwam. Maar van binnen voelde het ook andere emoties. Het was een bekende quote. Het was de quote uit hun eigen geheugenbank. Het had zelfs de twist die het op de ligbank binnen was gemaakt. Gestolen! Ze waren bestolen! Tijdens de download. In het uur op de bank was de quote geproduceerd en gepusht en viraal gegaan. Bestolen door de AI!

Waltz en Mazurka keek zich aan. In de persoonlijkheid woedde de strijd tussen boosheid en de emoties van het quotekanaal. Nu kon het de scheiding niet meer betalen. Het was bestolen van de toekomst van luxe en welvaart ...

Alle vrienden en hun quootjes en hun likejes en hun belangstelling waren er. Het gemis gedurende een héél uur van die onmisbare menselijkheid, de eenzaamheid van de grote zaal, de flitsloosheid, de iot-onthouding – alle onsociaal die in één klap wegviel ... Waltz en Mazurka merkte niet bewust de lichamelijk gevolgen die het ondervond, maar die waren er wel. De dopamineproductie vloog omhoog, gestimuleerd door die bizar goede quote die op Datazee de verbondenheid van alle mensen diep in het onderbewuste verankerde. Waltz en Mazurka voelde de bevrediging tot in zijn botten. De woede verdronk in het beloningssysteem. De quote met het veilige thuis van Datazee overspoelde de geheugenbanken. Frustratie werd opgelost in social. Weerstand werd gebroken door de acceptatie.

Waltz en Mazurka liep het plein op, omgeven door Datazee. Flitsjes vroegen om aandacht. Dit was thuis. Het was tevreden.

'DATAZEE' VERSCHEEN eerder in het jaarboek *Ganymedes21 in 2021.*

Crathos

De duisternis is volledig. Crathos draait haar zware kop in alle richtingen, maar er is nergens licht. Ze kan geen glimp opvangen van de omgeving. Het is donker. Ze is alleen. Ze hebben haar verlaten.

Crathos is natuurlijk niet bang, angst kent ze niet. Haar hart is pure moed en strijdlust, haar ziel is doelgericht en trouw – iedereen weet dat en zijzelf nog het best. Ze is kracht, ze is held, ze is woestheid, ze is energie, ze is leider. Haar woede is een bron van eindeloze energie, haar moed bezorgt haar roem in alle steden, haar kracht is legendarisch bij alle helden. Maar nu? Goden en kameraden, ze hebben haar allemaal verlaten.

Ah, ze herinnert zich de Laatste Strijd. Ze was de bron van moed voor hun leger, de ruggengraat van de linies. Iedereen wist dat de oorlog slecht ging en dat hun strijdkrachten deze slag aan het verliezen waren. Tot dat éne moment...

De omslag kwam toen haar imposante verschijning op de heuvel de kansen op het slagveld had gekeerd. Ze torende hoog boven de bomen aan de kim uit. De energie van haar wilskracht straalde helder als de zon. Haar strijdkreet verkilde de harten van haar vijanden, de angst stond in hun ogen. Haar medestrijders draaiden hun hoofden naar haar en ze zag de hoop in hun ogen groeien. Ze waren gered!

Toen Crathos vanaf de hoogte het dal in denderde, keerden in één oogwenk de strijdkansen. Ze verpletterde alles op haar pad, het was meedogenloos. De tegenstanders maar ook haar medestanders haastten zich uit haar route om het vege lijf te redden. Er klonk gejuich uit de gelederen van haar makkers en ze hoorde uit de rijen van de vijand doodskreten opstijgen.

De epische strijd werd gewonnen. Natuurlijk! Het waren haar woestheid en haar energie die hen de overwinning bezorgden. De linies van de vijand werden verbroken, hun aanvoerders gingen in doodsnood op de vlucht. De overwinning was snel en absoluut. Zijzelf keer rond, ze torende in de chaos van het slagveld als een baken van kracht. Crathos, de alles overwinnende held! De legerscharen scandeerden haar naam. Crathos! Crathos! Crathos!

Precies op dat moment was het donker geworden. Ze had geen idee wat er gebeurd was. Was er een macht geweest die groter was dan de hare? Ondenkbaar! Nee, de goden hadden ingegrepen – het kon niet anders. De goden hadden besloten haar te verlaten en haar in de duisternis geworpen. En haar strijdgenoten, haar makkers in de strijd? Ze had ze niet gehoord en niet gezien. Bernhold, Grangen, de anderen. Ze hadden haar alleen gelaten.

De boosheid in Crathos groeit. Niemand zou het in het openbaar tegen haar durven opnemen, welke list en bedrog hebben haar beroofd van de roem die haar toebehoort? Crathos voelt dat de runen op haar rugplaten gloeien van de energie van haar woede. Ze heeft dit niet verdiend. Ze zouden haar moeten bedanken voor de redding, ze zouden haar op hun feesten moeten vereren voor haar prestaties. Liederen, heldendichten, die zouden gezongen moeten worden. Ze had eer en roem verdiend. Maar nu? In plaats daarvan kreeg ze zinloosheid en donkerheid. Hun jaloezie heeft altijd al op de loer gelegen, realiseert ze zich opeens. Ze hebben altijd gezocht naar een mogelijkheid om haar de glorie te ontnemen. Nu hadden ze een manier gevonden.

Haar woede groeit. Niet alleen haar makkers... Zelfs de goden gunnen haar het respect niet. Ze kreeg in het legerkamp natuurlijk meer eer dan de goden zelf. Is dat hoogmoedigheid? Crathos schudt haar zware hoofd. Nee, ze heeft het goede gedaan zoals een held betaamt en daarmee heeft ze respect verdiend. Goden die haar dat niet gunnen, zijn hun godheid niet waard.

Crathos voelt de woede in haar groeien tot ongekende hoogte. Zoveel energie heeft ze nooit eerder ervaren. De runen op haar rug verkleuren van groen naar feller geel, sommigen beginnen ze witblauw te worden. Met onfeilbare zekerheid realiseert Crathos zich dat ze voldoende woestheid in zich heeft om in één grote explosie alles met zich mee te nemen in de vernietiging.

Zo'n massale ondergang zou haar niet spijten. Als iedereen heeft samengespannen om haar te beroven van haar eer, dan is het alleen maar rechtvaardig als ze hen meesleurt in de vernietiging. Terwijl haar woede groeit, verandert de kleur van haar runen naar violet en verdwijnt dan uit het visuele spectrum. Verlaten! Verraden! Beroofd! De energie groeit, de ontlading is nabij. Dood. Verderf.

Plotseling voelt ze pijn aan haar ogen. De duisternis wordt doorbroken, helder licht van boven verblindt haar. Crathos kent de taal van de goden niet, maar ze herkent wél hun stem. Er wordt naar haar omgekeken, ze wordt in haar eer hersteld!

De gloed van haar runen dooft langzaam. De wereld vergaat niet. Nog niet vandaag.

'Mamma, ik heb haar gevonden, ze lag achter de boekenkist.'

Hoe Henri zich ontwikkelt

Het eerste halfjaar
Kort na de geboorte hadden we het idee dat er iets vreemds was met Henri.

De zwangerschap was goed gegaan, de geboorte zelf was ook probleemloos. Bij de controles scoorde Henri prima op de tests en reageerde hij goed op alle prikkels. Niets om ons zorgen over te maken, we waren klaar voor een prachtige tijd met onze zeer gewenste baby.

Na een paar weken kregen we een vaag gevoel van onbehagen. De manier waarop hij op ons reageerde, leek niet helemaal ... We konden niets concreets noemen, maar het voelde niet helemaal senang, zou mijn vader zeggen.

Nu is Irene hypochondrisch aangelegd en ik ben zelf door mijn autistische trekjes onbetrouwbaar in mijn inschattingen van menselijke communicatie - waarmee ik maar wil zeggen dat wij niet bepaald gekwalificeerd zijn voor een diagnose. We zochten dus hulp, we gingen langs de huisarts. Die vond dat we Henri eerst de kans moesten geven om zichzelf verder te ontwikkelen. We voelden ons serieus genomen, de arts gaf goede argumenten en we gingen dus naar huis met de afspraak om het twee maanden de kans te geven. De vervolgafspraak werd wél alvast gepland.

De volgende maanden ontwikkelde Henri zich prima. Het reageren op lachende gezichten ging goed – hij raakte als snel de merkwaardige gewoonte kwijt om te lachten vóórdat mensen tegen hem lachten en dan onmiddellijk te stoppen als zij een glimlach op hun gezicht kregen. Het ging nu beter synchroon – alsof hij het onder de knie kreeg.

De vervolgafspraak met de huisarts werd nagekomen, we kwamen samen tot de conclusie dat er geen reden was voor ongerustheid. We gingen weer blij naar huis.

Henri's eerste woordje kwam vroeg, het was een onverwacht maar goed verstaanbaar 'hapje, hapje'. Ik vond dat vreemd want we gaven helemaal geen hapjes - het ging op dat moment heel goed met de borstvoeding en Irene wilde daarmee zo lang mogelijk doorgaan. Maar snel daarna kwam luid en duidelijk 'mamma', twee dagen later gevolgd door 'pappa'. Daarmee ging ook dat deel van de ontwikkeling van onze zoon prima. Henri was onze eerste, we hadden geen idee wat we precies moesten verwachten, we waren permanent onzeker.

Eerste kinderen zijn altijd experimenten.

HET DERDE KWARTAAL

'Heb je dat in de krant gelezen?' vraagt Irene me.

Ik zit met Henri op de grond te spelen. Sinds hij is gaan kruipen, zijn we begonnen met het spelen met blokken. Henri is vroeg met kruipen, zeggen de mensen om ons heen die het kunnen weten. Motorisch loopt hij voor op allerlei schema's die Irene uit tijdschriften heeft geknipt. Irene is daar ontzettend trots op, dit hebben we met z'n tweetjes toch maar mooi goed gedaan! De fase van het omgooien van blokkentorens die pappa bouwt was natuurlijk een heerlijk tijdverdrijf, maar bij Henri duurde die periode maar kort. Hij kreeg al heel snel plezier in het samen juist opbouwen De torens bleven verbazend snel staan.

'Wat bedoel je, in de krant gelezen?' Irene maakt er een gewoonte van om vaag ergens heen te verwijzen en dan te denken dat ik onmiddellijk begrijp waar het over gaat. Ze verwacht bovendien dat ik over dat onderwerp alle kennis paraat heb. Het is leuk dat ze me zo hoog heeft, ik stel haar vaak teleur.

'Er zijn weer zwaartekrachtgolven gemeten.'

'Dat gebeurt tegenwoordig elke maand wel. Het lijkt me niet bijzonder.'

'Nou ja, in het artikel stond dat er geen bron was gevonden, maar dat ze uit alle richtingen kwamen. Dat is toch wel bijzonder?'

'Ja, dat is wel bijzonder.'

Irene glimlacht. 'Ik wist wel dat het jou als fysicus zou interesseren.' Ik grijns, ik vind haar écht leuk als ze zulk soort spelletjes met me speelt. Andere spelletjes ook, natuurlijk, maar dat is even niet van belang.

'En vertel me eens, mijn mooie vrouw, wat denk jij daarvan?'

'Zou het een beetje op jouw beroemde achtergrondstraling kunnen lijken? Een soort overblijfsel uit de Big Bang?'

'Een heel goede suggestie. Daar zullen ze zeker naar kijken. Het zou verklaren dat het van alle kanten komt. Heb je misschien nog meer gedachten?'

'Ja, ik dacht: misschien is het juist iets heel nieuws, iets van heel dichtbij. Bijvoorbeeld dat ze bij CERN een zwart gat hebben gemaakt dat voor golven zorgt. Door uit elkaar te vallen. Of juist door materie op te eten.'

'Oh, ja, dat zou echt verontrustend zijn.'

'Maar toen dacht ik: als het zo dichtbij is, dan zouden ze juist wél moeten weten waar het vandaan komt. Dan is het toch juist één scherp punt?' Irene kan ingewikkelde dingen opmerken uit de combinatie van onbevangenheid en een intelligente geest.

'Heel dichtbij zou voor lokaliseren van de bron wel een probleem kunnen zijn, denk ik. Zwaartekrachtgolven hebben een héél lange golflengte, als je vlak bij een bron zit zou het heel ingewikkeld zijn om een precieze locatie te bepalen. Als je er té dichtbij zit, kan het misschien helemaal niet.'

'Grappig. Dus van heel ver en heel lang geleden, óf van heel dichtbij en recent. Daar tussenin zou niet kunnen. Echt grappig.'

Voor Irene is met 'grappig' meestal de kous af. Voor mij deze keer niet. Ik ben geïntrigeerd door haar opmerking, ik weet niet precies hoe het zit en daar kan ik slecht tegen. De dagen daarna lees ik dus alles wat ik kan vinden over die merkwaardige waarnemingen. Dat levert niet veel harde informatie op: pas sinds kort is de apparatuur voldoende gevoelig om het zwakke signaal te kunnen meten. Sinds ze worden gemeten, is het een soort permanente ruis. Van een onbekende bron uit een onbekende richting. Een zwak signaal met kleine variaties die soms harmonisch lijken te zijn maar soms ook volkomen willekeurig. Het is wel intrigerend. Maar ik heb geen contacten met wetenschappelijke specialisten zich hiermee bezighouden, ik lees publicaties voor natuurkundedocenten en populairwetenschappelijke tijdsschriften. De echte wetenschappelijke publicaties zouden me sowieso boven de pet gaan.

Ik heb ook andere leuke dingen aan mijn hoofd, het raakt op de achtergrond.

HET VIERDE KWARTAAL

Met bijna acht maanden doet Henri zijn eerste stapjes. Hij hijst zich op aan de salontafel, loopt eerst langs de tafelrand stapje voor stapje zijwaarts. Verbazend snel slaagt hij erin los te staan. Als Irene me voorleest over het leren lopen gaat het altijd over 'de eerste voorzichtige stapjes' of 'de eerste wankele stapjes'. Ik dacht zelf dat leren lopen een kwestie is van veel frustratie over veel vallen. Irene noemt dat een push-strategie. Zij vindt dat er niet pijnlijke knieën de motivator zijn, maar het verlangen om net te doen als volwassenen. Zou ook kunnen, natuurlijk. Ik vraag me af wat het verschil in theorie over onszelf zegt.

Intussen is de praktijk duidelijk: Henri loopt verbazend snel los. Zijn eerste stapjes zijn niet voorzichtig, maar heel doelgericht. Zijn evenwichtsgevoel is fenomenaal. Voor mij is dat een onweerlegbaar bewijs dat dit niet erfelijk kan zijn: in schaatsen en skiën en zelfs fietsen is Irene geen ster, ikzelf ben op al die terreinen zelfs een erkend brokkenpiloot. Van ons kan hij het onmogelijk hebben.

'Weet je nog dat we het een tijdje geleden hadden over die rare zwaartekrachtgolven?' vraagt Irene.

Ik knik.

'Er stond nu een stuk op internet.'

We hebben net Henri op bed gelegd en zitten samen na de maaltijd met een glaasje rode wijn. Irene heeft geen device voor zich, dus dit is geen spontane opmerking maar een onderwerp dat ze heeft opgespaard. Ik weet dat dit betekent dat ik er echte aandacht aan moet geven.

'Ze hebben gemeten dat ze sterker zijn geworden, en bovendien ook nog onregelmatig,' zegt ze. 'En weet je nog dat ik zei dat het misschien iets met een zwart gaat bij CERN te maken had?'

'Jazeker, dat weet ik nog.'

'En jij zei dat het heel slecht zou zijn.'

Ik weet niet meer wat mijn reactie was, maar Irene heeft met dit soort dingen altijd gelijk – dat is gewoon een wetenschappelijk feit, gestaafd door heel veel experimenteel materiaal. Ik accepteer dat inmiddels probleemloos, ervaring is een harde leermeester.

'Nu beschuldigen de Chinezen CERN ervan dat er illegaal met zwarte gaten wordt geëxperimenteerd.'

'Illegaal? Zijn daar dan afspraken over? Dat wist ik niet.'

'Blijkbaar. Maar het loopt hoog op. Er is bij de UN al in een commissie over gesproken. Op Twitter gaan geruchten rond dat de experimenten die ze bij CERN doen gevaarlijk zouden zijn en dat de Chinezen daar ook bang voor zijn.'

Zoals altijd als ze een serieus punt ter sprake brengt, heeft ze zich uitstekend voorbereid.

'Dat klinkt heftig. Volgens mij is de energie bij CERN nog lang niet hoog genoeg om risico's te lopen.'

'Dat was ook wat CERN zelf zei. Maar de Chinezen zeggen dat er geen andere verklaring kan zijn voor de gravitatiegolven die zij hebben gemeten. Op Twitter denken ze dat ze bij CERN liegen over de energie die ze gebruiken.'

'Dat lijkt me niet mogelijk. Misschien dat de China het westen beschuldigt van dingen die ze zelf doen. Dat is een heel oude strategie maar wel eentje die altijd werkt.'

'Ja, dat zei dat artikel ook. Maar ik vind het toch wel eng.'

'Echt, lieverd. Ze kunnen bij CERN écht niets maken dat een risico voor de aarde is. En de Chinezen kunnen dat ook niet. We kunnen op aarde op geen stukken na voldoende energie opwekken. Niemand kan dat.'

'Als jij het zegt. Maar waar komen dan die zwaartekrachtgolven vandaan?' Zoals altijd heeft Irene een punt. Ik heb geen idee.

Zwaartekrachtgolven komen van zwarte gaten die zich op elkaar storten of catastrofes van vergelijkbare omvang. In ieder geval iets op ongekend grote schaal, onmetelijk veel groter dan iets op aarde.

Ik duik dieper in de berichten dan de vorige keer. Weer wordt duidelijk dat niemand een idee heeft over de herkomst. Tenminste: voor zover de informatie op openbare kanalen terecht komt – ik realiseer me plotseling dat het feit dat ik dit voorbehoud maak, betekent dat ik zelf ook een beetje achterdochtig begin te worden.

Er zijn de afgelopen maanden nieuwe wetenschappelijke publicaties geweest die ook mijn populairwetenschappelijke tijdschriften hebben bereikt. De sterkte van het signaal lijkt groter geworden, maar de meetnauwkeurigheid is nog niet groot genoeg om dat definitief vast te stellen. Er worden pieken waargenomen, onregelmatig maar wel sterker. Het is echt een heel boeiend onderwerp voor de onderzoekers. Het geeft onrust dat politici zich ermee bezighouden.

AAN HET BEGIN VAN HET tweede jaar

Henri ontwikkelt zich voorspoedig. Naast een geweldig evenwichtsgevoel zijn heeft hij ook een bovengemiddeld goede motoriek. Het oprapen van kleine voorwerpen, het inschatten van afstanden en daarop zijn bewegingen afstemmen, alles gaat probleemloos.

'Het lijkt wel alsof de speeltjes naar hem toevallen in plaats van dat hij ze opraapt,' zei Irene gisteren nog lachend. Om de één of andere reden kreeg ik daar een onheilspellend gevoel bij, maar dat ging gelukkig snel weer over. We zijn samen trots op hem, zoals ouders trots kunnen zijn op iets waarop ze geen enkele invloed hebben.

Henri brabbelt voluit. Hij gebruikt soms woorden waarvan je niet zou denken dat een peuter die oppikt. De buren wijten dat aan het feit dat Irene en ik allebei vaak dure woorden gebruiken – hij luistert natuurlijk goed naar onze gesprekken. We zijn in ieder geval blij dat onze zorg bij de start onnodig is gebleken en dat hij nu zo vrolijk en probleemloos door het leven rolt. Het is een grote zegen.

Nu de politiek zich ermee bemoeit en op social media discussies verschijnen, ontstaan ook op mijn school het gesprek over zwaartekrachtgolven. Collega's en leerlingen beginnen de logische vragen te stellen: wat zijn het precies, waar komen ze vandaan, wat zijn de risico's.

We organiseren de sectie leuke workshops en gastlezingen. Over ruimtetijd, over hoe wij eigenlijk in een vierdimensionaal heelal leven en hoe het dan toch komt dat we tijd anders ervaren. Over het merkwaardige verschijnsel zwaartekracht en dat massa eigenlijk niet anders is dan vervorming van de ruimtetijd. Over de steen in de vijver die leidt tot golven over het oppervlak van het water en dat een verstoring in de ruimtetijd op dezelfde manier leidt tot de golven in het weefsel van het heelal. Over hoe versmeltende zwarte gaten of neutronensterren genoeg massa hebben om zo'n verstoring te veroorzaken. Wat is het mooi om ons vak eens een keertje zo in de belangstelling te krijgen.

Ondertussen komt er ook in de kranten steeds meer nieuwsfeiten. Dat CERN internationale waarnemers heeft toegelaten die hebben bevestigd dat al hun informatie over energieniveaus correct is geweest. Dat de Chinezen een verbeterd meetinstrument hebben ontwikkeld waardoor ze nauwkeuriger de bron kunnen identificeren – tenminste: dat zeggen ze. Volgens de Chinezen blijkt uit hun metingen onomstotelijk dat de bron in Europa ligt. Maar het internationaal delen van meetgegeven wordt geblokkeerd door politieke strubbelingen. Zo kan de discussie natuurlijk nog wel even doorgaan.

Vanzelfsprekend verschijnen er verontrustende artikelen op speculerende tabloids en social media - die leven daar tenslotte van. Maar ook in serieuze publicaties wordt duidelijk dat de zwaartekrachtgolven langzaam sterker worden en de pieken hoger. Het verontrustende blijft dat niemand weet waar het vandaan komt en niemand weet waar het naartoe gaat.

Een oppervlakkig artikel uit een internettijdschrift zonder peerreviews bespreekt het verschijnsel vanuit een filosofische hoek. De auteur merkt in een bijzin op 'we weten niet wanneer het voor ons merkbare consequenties gaat krijgen en of het gevaarlijk kan worden'. Zoals iedereen weet: als iets gevaarlijk kán worden, dan ís het gevaarlijk', en zo komt het dus terecht in de tabloids: 'deskundigen zeggen dat het gevaarlijk is.'

Op socials worden alle regeringen overal van beschuldigd, evenals de joden, de islam, de WEF, de UN, EU, regeringen, banken, grote bedrijven, het militair-industrieel-complex, de farmaceuten, de energiebedrijven, de families Rothschild en Sonos en Gates en Musk.

Moderne mensen kunnen niet met onzekerheid omgaan.

IN DE LOOP VAN HET tweede jaar

Deze ochtend zit Henri te spelen met zijn blokken. Het is een genot ernaar te kijken, hij heeft er veel plezier in en zelfs in zijn eentje is hij echt aan het bouwen. Een paar blauwe blokken liggen wat verder weg, om die te pakken zal hij ernaar toe moeten. Ik ben benieuwd of hij gaat kruipen of gaat staan – elke fase in zijn leven is nu een soort experiment.

Henri doet geen van beide. Hij strekt zijn hand uit naar de blokken. Wat er dan gebeurt: ik geloof mijn eigen ogen niet. Ik zie de boekenkast op de achtergrond langzaam verwringen, in elkaar krimpen, achterover kantelen. Tegelijk komt de grond traag omhoog op de plek waar de blokken liggen, de blokken schuiven in Henri's richting. Als hij ze in zijn hand heeft, trekt de vloer snel weer recht en krijgt de boekenkast plotseling de vertrouwde vorm weer terug. Niets herinnert nog aan wat ik heb zien gebeuren.

Ik ben verbijsterd. Ik wrijf in mijn ogen, maar dat is maar een rare reflex: ik twijfel geen moment aan de observatie.

HET ZAL ANDERS

Waarnemingen liegen niet. De conclusie is even onontkoombaar als ongelofelijk: mijn Henri vervormt ruimtetijd. Hij trekt stukken ruimte naar zich toe, en als hij het niet meer nodig heeft, laat hij los. Na het loslaten, veert de ruimte terug. Razendsnel. Hij gooit een steen in de vijver van de ruimtetijd. Hij maakt zwaartekrachtgolven.

Het kost te me tijd om mijn gedachten op een rijtje te krijgen. Henri wil net als alle peuters van alles doen - hij heeft blijkbaar naast de instrumenten die anderen kunnen inzetten nóg een optie. Net als zijn oog-hand-coördinatie, zijn motoriek, zijn evenwichtsgevoel en zijn spieren leert hij langzamerhand ook deze vaardigheid te gebruiken. Met de waarneming valt veel op zijn plek. Irenes vreemde gevoel van een tijdje terug dat er blokjes omhoog vielen. Zijn wonderbaarlijk snelle lopen – zo voor de hand liggend als je accepteert dat hij zwaartekracht net zo makkelijk vervormt als dat hij zijn voetjes optilt. De merkwaardige volgorde van het leren van woordjes – als tijd net zo'n dimensie is als omhoog zal hij soms dingen die morgen gebeuren als even helder ervaren als dingen op een meter afstand.

Henri gooit steentjes in de vijver van ruimtetijd. Hij gooit langzamerhand steeds grotere steentjes. Keien. Bakstenen De golven gaan alle kanten op. Ze worden steeds hoger. Ze worden gemeten.

Mijn hypothese is zo doorgedraaid, zo absurd, dat ik kies voor mijn oude nerdoplossing: ik houd mijn mond. Gelukkig is Irene de wijste van ons twee, diezelfde avond kruipt ze in bed tegen me aan.

'Ik word een beetje bang,' zegt ze. 'Weet je wat ik vandaag Henri zag doen?' Irene beschrijft haar ervaring, en we zijn bijna opgelucht als blijkt dat we vergelijkbare momenten hebben meegemaakt. Terwijl we nadenken over het afgelopen jaar, passeren veel gebeurtenissen de revue. We ontdekken samen uit hoe ze samen het plaatje vormen: Henri die elke dag leert wat efficiënter ruimtetijd te gebruiken. Als een manier om zijn peuterdoelen te bereiken, net zoals alle peuters dat doen met alle middelen die ze hebben.

'En wat gaat er nu gebeuren?' vraagt Irene zich af. Zoals altijd is ze de pragmatische van ons twee. Ze accepteert wat er geaccepteerd moet worden en trekt daar consequenties uit.

'Hij gaat hier verder mee. Dat is niet te vermijden,' denk ik hardop. 'Bij het leren kies je van nature voor de makkelijkste manier om iets voor elkaar te krijgen. Bij heel veel dagelijkse dingen zal voor Henri het vervormen van ruimtetijd een handige oplossing zijn.'

'Maar wat gebeurt er als hij steeds meer leert hoe hij dit kan gebruiken? Waar is de grens?' Hypothetische mogelijkheden verkennen is een valkuilen voor Irene, ze kan zichzelf helemaal doldraaien. 'Wat als hij gaat hardlopen, fietsen en weet ik wat voor andere spannende dingen gaat doen en daarbij steeds meer vervorming gaat inzetten? En wat als andere mensen dat gaan zien?'

Ze valt kort stil. 'En wat als hij ontdekt hoe hij het kan gebruiken om allerlei dingen te doen die normaal peuters helemaal niet kunnen? Peuters doen alles en proberen alles, dat is normaal. Maar met ruimtetijd kan Henri met alles gooien, niet alleen met lego maar straks ook met meubels.'

'Of met auto's en huizen,' vul ik automatisch aan. Dat was natuurlijk een heel stomme opmerking. Irene breekt in huilen uit.

HET ZAL ANDERS

Ik zit trouwens zelf ook te speculeren. Mijn gedachten gaan naar het vreemde verschijnsel ruimtetijd – voor en achter, links en rechts, hoog en laag, eerder en later: allemaal hetzelfde en inwisselbaar, maar stel dat Henri dat zou kunnen manipuleren, wat kan hij daar dan precies mee doen? Dingen omhoog of omlaag is tot daaraan toe, maar dingen eerder of later – zit dat in zijn pakket en hoever gaat dat dan? De vreemde volgorde waarin hij woordjes leerde - was dat ook door het per ongeluk vervormen van ruimtetijd? Het zou heel goed kunnen.

Ik denk aan zwaartekrachtgolven. Misschien dat die niet ontstaan als Henri de ruimtetijd vervormt, maar als hij loslaat. Trekken zal vermoedelijk moeite kosten en langzaam gaan, maar als hij in één keer loslaat .... Ik kan me voorstellen dat dan er dingen gaan trillen. Zouden we hem kunnen leren om langzaam los te laten? En zouden er dan géén waarneembare zwaartekrachtgolven ontstaan?

Ik denk aan wat gaat er gebeuren als de Chinezen nog nauwkeuriger gaan meten. Of als Henri steeds grotere golven opwekt die wél gelokaliseerd kunnen worden.

Ik denk eraan wat er gaat gebeuren als iemand ontdekt dat het óns kind is dat ruimtetijd vervormt. Ik heb wel eens sciencefictionfilms gezien over mensen met bijzondere krachten. De betrokkenen zelf werden er nooit gelukkig van. Als ik iets wil, is het dat mijn zoon gelukkig wordt.

Ik houd al die gedachten voor me. Er zijn geen antwoorden en het heeft geen zin om Irene hiermee nog verder overstuur te maken.

'We moeten iets,' zucht Irene. 'We kunnen niet blijven afwachten.'

'Kunnen we het hem niet gewoon verbieden?' opper ik, maar terwijl ik het zeg, weet ik dat het een idioot idee is. 'Sorry, nee, neem ik terug. Je kunt peuters niet verbieden dingen te ontdekken en te proberen.'

'We moeten hulp zoeken,' zegt Irene. 'Wij kunnen dit niet, we hebben iemand nodig.'

'Maar er is niemand die hier ervaring mee heeft. Ik zou niet weten waar we waartoe moeten,' sputter ik tegen.

'Nee. Weet ik ook niet.' Irene ligt op haar rug. Ze kijkt naar het plafond. 'We gaan nu slapen. Morgen praten we verder. Een nachtje erover slapen kan goed doen.' Ze heeft natuurlijk gelijk. Al komt er wat mij betreft deze nacht niet veel van slapen. De bizarre situatie houdt me wakker.

UITEINDELIJK HEB IK toch nog een paar uur slaap gehad. De wekker maakt me om half negen wakker, Irene heeft me een uur extra geven. Lief. Als ik aangekleed beneden kom, heeft ze koffie.

'Ik heb nagedacht. Ik vind dat we meteen iemand moeten bellen die ons kan helpen,' begint ze zonder verdere introductie. Dat betekent dat ze heeft bepaald wat ze wil en dat ik vermoedelijk heel weinig invloed zal hebben. Het is een situatie waarin ik me regelmatig bevind en waaraan ik een verschrikkelijke hekel heb.

'We gaan het Ministerie van Defensie bellen,' deelt ze haar beslissing mee.

Van alle mogelijkheden die er hadden kunnen komen, vind ik dit eigenlijk de meest slechte. 'Dat lijkt me onverstandig. Die zien in Henri meteen een wapen, ze zullen hem van ons afnemen om hem te onderzoeken, en misschien zien we Henri dan nooit meer terug.' Ik laat een korte stilte vallen. 'En misschien verdwijnen we zelf ook wel. Met een andere bestemming dan Henri.'

'Doe niet zo SF-achtig. Zo is de echte wereld niet.'

'Wat weet jij nou van de echte wereld?' Ik reageer natuurlijk veel te scherp.

'Kom op, gaan we zo beginnen?'

Op het moment dat het gesprek volledig uit de hand begint te lopen, gaat de bel van de voordeur. Ik doe open, niet omdat ik wil weten wie er voor de deur staat maar om het gesprek te onderbreken.

Er staat een jongeman voor de deur. Hij is een jaar of dertig. Hij heeft een vriendelijk uiterlijk met rustgevende ogen. Er is iets vertrouwds aan hem, maar ik kan dat niet thuisbrengen.

Ik hoor Irene achter mij hard inademen, ze slaat haar hand voor haar mond.

'Hoi, pa. Dag, ma. Ik kom jullie helpen.'

Verstrengeling

A^{dam}

Het was geweldig om vijftien te zijn. Adam verliet zijn slaapcabine en rekte zich uit in de warme ochtendlucht. Achter hem maakte het bed zich op en ruimde de tafel de ontbijtspullen weg. Op de drempel van zijn cabine keek Adam omhoog, spreidde zijn handen en dankte de Liefde voor de nieuwe dag en de prachtige zegeningen die ook vandaag weer zouden volgen.

Het was een belangrijke dag, vandaag. De dag van zijn huwelijk – een nieuwe dag vol verwachting, vol groei, vol leren, vol Liefde. Adam liep met een rustige tred over het pad dat zijn cabine verbond met het veld. Zijn voeten moesten nog even wennen aan het toegenomen gewicht van zijn lichaam, zijn knieën zochten nog naar evenwicht en zijn spieren waren weliswaar die nacht getraind maar ze daadwerkelijk gebruiken was nog nét even iets anders dan de simulatie die zijn lichaam elke nacht moest voorbereiden op de nieuwe dag. Het deed geen pijn, het kriebelde een beetje, het was de vage en verre jeuk die bij elke ochtend hoorde.

Sterker dan de jeuk was het gevoel van verwachting, die merkwaardige mengeling van hoop en vertrouwen en ongedurigheid. Pastor noemde het 'vlinders in de buik' en hoewel Adam geen idee had wat vlinders waren leek het hem wel een goede omschrijving. De vlinders van Eva. Zonder haar te zien wist Adam dat zij vanochtend met dezelfde gedachten, dezelfde gevoelens, dezelfde verwachtingen was opgestaan. Hij voelde dat ze op dit moment nog aan het eten was, dat ze nog niet aan haar dankzegging toe was gekomen. Dat was goed. Ze was, en ze zou er straks zijn.

Vandaag was belangrijk. Zijn vijftiende dag. Het was de dag van zijn huwelijk.

Halverwege het pad zag Adam tussen de bomen door het veld. De pastor was er al, zoals elke ochtend. Hij zat in zijn witte pak op het veld midden tussen de bloemen. De harmonie van het tafereel trof Adam elke keer weer. Hij kon zich weliswaar niet voorstellen hoe omgevingen zonder harmonie eruit zouden kunnen zien, maar op een heel diepe manier wist Adam dat schoonheid in zichzelf bestaat en niet in de afwezigheid van lelijkheid.

Hij had van de pastor heel goed begrepen dat alle harmonie zijn basis had in Liefde. Sterker nog, dat Liefde het fundament was voor alles dat bestaat. Bloemen en bomen ontleenden hun schoonheid aan Liefde, de verfrissende geuren van de lucht en de zuiverheid van de wereld bestonden door Liefde. De cabine verzorgde en voedde hem in Liefde. De band tussen Adam en zijn leefwereld was Liefde. En jazeker, zijn diepe verbondenheid met Eva was het toppunt van Liefde.

Net als elke dag ging Adam naast de pastor in het gras zitten. Eva was er nog niet, ook dat was net als altijd.

'Goedemorgen, Adam. Hoe voel je je vandaag?'

De pastor had een zachte stem, vol belangstelling en zorg. Net als elke ochtend dwong de vraag Adam om zich even in zichzelf terug te trekken en zijn lichaam en geest af te zoeken naar signalen. Zijn lichaam had de groei van de afgelopen nacht verwerkt, de vage jeuk was verdwenen tijdens de korte wandeling en in zijn geheugen was er geen herinnering achtergebleven.

Hij had wel het onbestemde gevoel dat hij de afgelopen nacht belangrijke dingen had geleerd, maar dat gevoel had hij elke ochtend – het was dus niets bijzonders. Toch vond bij het zoeken in zichzelf onvoldaanheid. Niet heel duidelijk, niet écht frustrerend, maar meer een soort honger naar iets dat hij nog niet kende. Het gevoel was helder genoeg om te benoemen.

'Ik voel me op één op andere manier wel anders dan gisteren.' Adam zocht naar woorden om het vage gevoel te beschrijven. 'Het is in ieder geval méér dan de onzekerheid dat ik niet precies weet wat ik van vandaag moet gaan verwachten. Tenminste, dat denk ik. Ik kan het gevoel niet thuisbrengen. Er is een soort behoefte, iets in me heeft iets nodig en ik weet niet wat het is.'

De pastor glimlachte. Hij wuifde kort met zijn hand, een gebaar dat Adam wel vaker had gezien maar waar de pastor verder geen bedoeling mee scheen te hebben.

'Je bent geweldig, Adam!' De pastor keek Adam diep in de bruine ogen. 'Je bent écht geweldig. Wat zul jij een formidabel huwelijk hebben.' Hij stond op, liep naar de boom die eenzaam midden op het veld stond en plukte daar een vrucht. Deze ochtend was het een perzik, hij gaf hem aan Adam. 'Ze zijn prachtig, vanochtend. Het leven is weer prachtig. Zoals elke dag.'

Terwijl Adam een hap nam, werden aan de overkant van het veld werden een paar takken opzij geduwd. Eva was er! Door Adams herinnering schoten beelden van de afgelopen vijftien dagen. Van hun eerste stapjes samen door het gras van het veld terwijl de pastor lachend naar hen stond te kijken. Hoe ze samen aan de rand van het kleine ven speelden en met hun onhandige handen probeerden de kleine visjes te grijpen. Hoe ze genoten van het warme licht dat hun natte lichamen droogde. Hoe ze samen al pratend ontdekten hoe mooi alles was, hoe harmonieus, hoe Liefdevol. Hoe Eva hem troostte toen hij zijn knie gestoten had omdat zijn benen nog onhandig bewogen van de groei van de nacht ervoor.

Adam had toen ontdekt dat zelfs als iets pijn doet, Liefde daaraan warme diepte geeft. Hij dacht eraan hoe ze gisterenavond in de schemering hadden zitten filosoferen over het doel van het bestaan en over hoe verbondenheid betekenis geeft aan alle dingen en hoe Liefde de basis is van verbondenheid.

Eva liep met een brede lach het veld op. Ze was blij hem weer te zien, haar ogen zochten hem en toen ze hem vonden, straalde haar gezicht. Adam voelde zijn hart heftig kloppen in zijn borst. Hij was elke ochtend blij geweest haar te zien, het gevoel was elke ochtend steeds dieper geworden. Het was nu sterker dan hij zich kon herinneren.

Terwijl Eva naar hem toeliep, realiseerde Adam zich iets dat hij eerder nooit had opgemerkt. Eva was naakt. Op datzelfde moment realiseerde hij zich: hijzelf was dat ook. Maar wat betekende het dat hij dit nu opeens zag en gisteren nog niet? Was de situatie anders dan gisteren? Was Eva anders dan gisteren? Of hijzelf?

Nieuwsgierig, bijna verbaasd keek Adam opnieuw naar Eva. Haar vrolijk lachende gezicht, haar volle mond, haar heldere en vriendelijke ogen – ze was in alle opzichten dezelfde die ze gisteren was, maar tegelijk was alles anders. Haar borsten, waarvan Adam zich nu opeens realiseerde dat die een paar dagen geleden al waren begonnen te groeien, waren vol en leken hem opeens oneindig bijzonder. Haar platte buik ging over naar haar lange, soepele benen en de ruimte tussen die benen was gisteren nog gewoon een lege plek geweest maar nu ineens ...

Adam zag dat Eva hem op dezelfde manier opnam. Alsof hij anders was. Hij was nog steeds dezelfde Adam, maar op één of andere manier zo veranderd dat haar blik vol verbazing stond. Een moment keek ze zelfs even met iets wat schrik leek. Adam volgde Eva's ogen naar beneden en zag zijn erectie.

De pastor brak de ban met een vrolijke lach. 'Ja, mijn kinderen. Kom even bij me in het gras zitten, neem een vruchtje en luister. We hebben nog het één en ander te bespreken voordat we met het huwelijk gaan beginnen.'

COMM

Het was volgens traditie dat Schip aan de bemanning op de brug een aankomstborrel aanbood als een reis door de interstellaire ruimte voorspoedig was verlopen. Eén van de weinige momenten dat bemanningsleden elkaar fysiek ontmoetten. De scheepsbrug was er de traditionele plek voor. De brug leek het midden van een volledig transparant bol, Comm had uitzicht op de volledige standaard sterrenlucht rondom de astroïde. Het was de vertrouwde interstellaire duisternis met de ontelbare oplichtende sterren, sterrenstelsels, gaswolken, indicatoren voor materiestromen en rondvliegend gesteente. Natuurlijk waren de kleuren aangepast om de informatiedichtheid te vergroten en was het beeld aangevuld met navigatietekens, risico-signalen, flikkerende informatietabs voor plekken waar zich mensen bevonden aan boord van schepen of op planeten, manen of astroïden, links naar informatiebronnen en naar communicatiekanalen.

Comm vermoedde dat Schip het hologram expres ingewikkeld had gemaakt om haar eigen belang te benadrukken tegenover haar ondergeschikten. Recht boven haar stond een ster vol in beeld, een licht oranje schijf. De zon en de ruimte eromheen hing vol met driftig knipperende gekleurde labels. Half voor de zon ging een planeet – ondanks de dimfactor die op het zonlicht was toegepast kon Comm geen kleur van de planeet onderscheiden. De rand leek een blauwe gloed te hebben. Misschien was het een waterplaneet. Ongetwijfeld was dit de bestemming van de reis.

Vanzelfsprekend was de koepel schijn. Geen enkele ontwerper zou zo dwaas zijn om kwetsbare onderdelen van een ruimteschip aan de buitenzijde te plaatsen, zelfs niet als het een relatief onbelangrijk transportsteen was als de Orion98. De brug was holografisch en zelfs dat was niet meer dan een concessie aan de bemanningsleden die geen geschikte elektronische uitbreiding hadden gekregen omdat ze die kostbare interface voor hun functie tijdens deze reis niet nodig hadden.

Comm keek rond in de kleine kring van mensen die deze reis met haar hadden gemaakt. Schip had ervoor gekozen zich te vertonen als projectie van een man in ouderwets pak met als toppunt van anachronisme een aktentas. Ze zat op een kantoorstoel – het enige meubelstuk op de brug. Je kon wel zien dat Schip de afgelopen maanden eenzaam was geweest, ze had een reputatie dat ze voor dit soort situaties diep in de geschiedenis dook voor inspiratie voor haar avatars.

De anderen bemanningsleden waren er fysiek, waarschijnlijk hadden de meesten net als Comm zich voor het eerst in lange tijd weer eens gedownload. Het gaf net als altijd een vaag gevoel van thuiskomen.

Comm nam een slokje uit haar tube en schudde de restanten van de versnellingsvloeistof van haar wetsuit. De vloeistof verzamelde zich in een plas en zocht de weg terug naar de scheepsvoorraad. Comm had haar reisgenoten voor het laatst gezien bij de afscheidsborrel, net voordat iedereen het drukbed opzocht. Objectief een paar maanden geleden. Subjectief voor de meesten van hen een paar dagen.

'We zijn zojuist op onze bestemming aangekomen.' Schip communiceerde tegelijk akoestisch en elektronisch. Comm zette de akoestiek uit – twee kanalen was een beetje overdone. 'Dit is Cygnus233C. We moeten nog wat navigeren naar onze bestemming, het depot ligt op de ondersteuningsbasis op de tweede maan. Ik wil u allen complimenteren met de voorspoedige reis en op het hart drukken dat we nog een stukje belangrijke stukje van onze tocht voor de boeg hebben. De veiligheidsmaatregelen hier zijn nogal stringent, dus accuraatheid in protocollen is essentieel.'

Schip grijnsde – ze was natuurlijk in haar eentje verantwoordelijk geweest voor de reis. Alleen voor het eerste en het laatste stukje had ze de anderen nodig. Ze vond het belangrijk dat nog even te benadrukken. 'We gaan hier onze lading afzetten. Protocollen en verdere info vindt u in uw box. Tot zover de zaken.'

Comm zag de links voor het protocol in haar hub verschijnen. Vanzelfsprekend was de eerste opdracht voor haar. Aankomst formeel melden, encryptie- en communicatieprotocollen afspreken, en de communicatielijn openen tussen de navigatie van Schip en de defensie van de bestemming. Daarna konden de anderen aan de slag. Zonder Comm zou het schip uit de lucht worden geschoten - als het al niet geautomatiseerd gebeurde door de astroïdenverdediging dan zou het wel door een wantrouwende planeetboer zijn. Het heelal leefde op wantrouwen.

Iedereen wist dat het eerste werk voor Comm was, iedereen zou snappen dat ze daar nu mee aan de slag moest. Comm was blij met het excuus om het gezelschap te verlaten. Ze had net als altijd last van fysieke aanwezigheid. De komende dagen kon alles virtueel, ze hoefde voorlopig geen mens meer te zien.

Het communicatiecentrum van Schip was gevuld met alle denkbare apparatuur. Natuurlijk waren er de klassieke lichtsnelheidapparaten, de meeste van het gerenommeerde merk SpaceCom — maar daarvoor zou een communicatietechnicus niet echt nodig zijn, die had Schip makkelijk zelf kunnen hanteren. De échte rijkdom van Comm waren de nieuwe mormondozen. Directe communicatie, zonder enige vertraging. Schip had een vergunning voor maar liefst tien dozen kunnen krijgen, een overvloed die het economische succes van hun vrije vaart garandeerde. Voor elke bestemming een directe lijn. Voor deze reis hadden ze bij de afzender van de vracht de doos voor deze bestemming opgehaald. Natuurlijk was de doos gecheckt vóór vertrek en zoals door Mormon beloofd was de verbinding probleemloos geweest.

Comm opende haar band, vond de verbinding met de doos en zond het openingsbericht. De verbinding werd onmiddellijk wakker.

MARK

De directie van SpaceCom was gedwongen om te reageren op de marktontwikkeling van het afgelopen jaar. Hun bestverkopende producten werden bedreigd door de nieuwe dozen van Mormon. Voor deze vergadering waren kosten noch moeiten gespaard. De beste mensen van het bedrijf waren ingelogd, samen met externe topadviseurs en onderzoekers. De vraag voor de brainstormsessie van deze dag stond op de hub: 'hoe krijgen we greep op het monopolie van Mormon op directe communicatie?'

Centraal stond de nieuwe mormondoos. Een zwarte, stalen kubus met ribben van dertig centimeter. De ribben waren licht afgerond, de vlakken volkomen egaal zonder details en zonder openingen, met één irriterende uitzondering: een rood kruis met drie gele sterren, het logo van concurrent Mormon. Net zo perfect als de kubus in soberheid en uiterlijk was de verbinding die de doos opleverde bij verbindingen door de ruimte.

Mark nam de opening voor zijn rekening. Als de sessie tot een goed resultaat zou leiden, zou zijn afdeling marketing de eer krijgen. Als er niet iets geweldigs uitkwam, was dat zijn einde.

'Beste collega's. De nieuwe versie van de mormondoos is nu een jaar op de markt en de prestaties zijn verpletterend. De vorige versie was ruim tienmaal zo groot, woog twee ton en ging na een paar maanden kapot. De verbinding viel bij elk exemplaar regelmatig uit, bijna de helft hield er na een tijdje onverwacht mee op. De investeringen en onzekerheid voor schepen waren te groot om de doos terug te verdienen in de paar reizen die hij maximaal meeging.'

Mark liet even een stilte vallen. Natuurlijk wist iedereen al wat er met de komst van de nieuwe mormondoos was veranderd. 'Deze nieuwe versie is radicaal beter. Hij is bijna draagbaar. Sinds de start van de verkoop vorig jaar is er nog niet één storing gemeld. De levensduur is dus minimaal een jaar en misschien wel heel veel langer. Dit verandert de markt volkomen. Hoe gaan wij voorkomen dat SpaceCom in een paar jaar wordt weggevraagd? Tech, geef ons eens een update.'

'Tech hier. Wij hebben een analyse van het apparaat gemaakt. Het rapport staat in de hub. Onze belangrijkste conclusies volgen nu. Eén: uit het feit dat twee dozen volledig gekoppeld zijn en alleen tussen een vaste set van twee dozen communicatie mogelijk is, blijkt dat het proces is gebaseerd op kwantummechanische verstrengeling. Wij snappen nog niet hoe het kan dat die verstrengeling intact blijft op het moment dat informatie wordt uitgewisseld. Twee: in overeenstemming met de theorie rond verstrengeling zou de communicatie volkomen zonder vertraging moeten zijn. Dat is hij niet. De vertraging is een paar tiende seconde en bovendien licht variabel. De vertraging hangt niet af van de afstand. We weten niet waardoor die vertraging wordt veroorzaakt. Drie: niet-destructief onderzoek is niet mogelijk, de buitenschil schermt alle vormen van straling en andere onderzoeksmethoden af. We zijn daarom overgegaan tot destructief onderzoek. Vier: Elke doos heeft een zeer efficiënt beschermingssysteem, de werking stopt zodra de eerste snede in de buitenzijde wordt gemaakt en de werking is daarna niet meer te herstellen. Vijf: elke doos heeft een massieve schil van keramisch materiaal, daarbinnen vonden we een onontwarbare massa van biologische en micro-elektronische componenten. Een en ander lijkt te hangen in een vloeistof, mogelijk voedingsstoffen of andersoortige energiebronnen. Een intern beschermingssysteem gebaseerd op zuren was waarschijnlijk actief geworden bij de eerste schade aan de buitenzijde, het tast het materiaal direct en vernietigend aan, verdere technische analyse was niet meer mogelijk. Dit was het geval met alle dozen die we geopend hebben. Zes: biochemische analyse van de organische soep...'

Mark leunde achterover. In zijn hub zouden het komende uur nog heel veel deskundigen hun mening geven. Hij had het volste vertrouwen dat ze samen zouden ontdekken hoe hun concurrent dit apparaat aan de praat had gekregen. Niemand zou het kunnen opnemen tegen de onderzoekskracht van SpaceCom.

ADAM

De pastor keek Adam en Eva glimlachend aan. Adam lachte breed terug, toen dwaalde zijn blik weer naar Eva en hij voelde de hartstocht. Het huwelijk was hen uitgelegd en alles eraan was even mooi en uitdagend als hij had verwacht. Pastor had uitgelegd hoe in het huwelijk niet alleen de zielen van twee mensen tot eenheid zouden komen, maar ook hun lichamen.

Ze hadden elkaar bekeken. Ze hadden voorzichtig elkaar kunnen aanraken. Die aanraking was totaal anders dan de spelletjes die ze tot vandaag hadden gespeeld. Dit ging zó diep

– Adam voelde hoe elke blik op Eva zijn hele lichaam doortrok, elke gedachte aan haar zorgde voor kippenvel, elke aanraking voelde hij tot in zijn voetzolen en zijn vingertoppen. Zijn buik trok samen, zijn armen tintelden, zijn hoofd was licht. Het leek of hij elke cel van Eva kende, alsof elk gevoel van haar zich in hem afspeelde, alsof zij en hij volledig één waren.

Pastor had het uitgelegd. Dit was de Volheid van Liefde, de vervulling van Leven. Dit was de roeping van hen beiden. Hiervoor leefden ze. Adam keek Eva verrukt aan, Eva keek met dezelfde verrukte blik terug. Zij voelde precies hetzelfde, wist hij. Ze waren voor elkaar, ze waren één ze waren samen Mens. Adam voelde haar opwinding, haar verwachting. Hij zag haar gedachten. Straks zouden ze het huwelijk aangaan, straks zouden zij samen Eén zijn.

'Haal nu jullie trouwkleed. Het zal op je bed liggen. Kom dan hierheen terug. Het huwelijk komt eraan.' Pastor stond op en wees Adam en Eva ieder naar hun eigen cabine. 'Straks.'

'Bent u dan weer hier voor ons?' Eva keek naar Adam, ze kon hem zelfs voor de komende tien minuten niet loslaten.

'Ik zal hier blijven. Kom snel terug, dan begint jullie Huwelijk.' Adam kon horen dat pastor het woord nu met een hoofdletter uitsprak.

Terwijl Adam naar het pad naar zijn cabine liep, wierp hij nog een blik achterop. Precies op hetzelfde moment dat ook Eva over haar schouder keek naar hem. Hun blikken haakten in elkaar. 'Tot straks, mijn lief', zeiden haar ogen. Adams ogen zeiden hetzelfde.

Adam haastte zich over het pad naar zijn cabine. Op het bed lag een eenvoudig wit kleed. Voor het eerst zou hij kleding aandoen, realiseerde Adam zich. Pastor had uitgelegd dat dit noodzakelijk was voor de gelegenheid. Als symbool. Adam kon dat wel begrijpen.

Zijn hoofd werd licht. Nu was hij toch zenuwachtig geworden, dacht hij. Het vermaakte hem wel. Pastor had gezegd dat het kon gebeuren, als onderdeel van het toeleven naar het Huwelijk.

Adam had geen schijn van twijfel aan de Goedheid van wat er te gebeuren stond. Liefde was zo volledig de basis van wat hij en Eva samen hadden. Eva was zo geweldig, hun hele leven samen was zo volmaakt. Toch was hij zenuwachtig. Adam moest even op het bed gaan liggen, voordat hij door zijn benen zou zakken. Terwijl hij zich uitstrekte op zijn bed voelde hij hoe hij onverwacht weggleed in een diepe slaap.

Eventjes was hij verbaasd toen hij zich realiseerde dat op datzelfde moment Eva op haar eigen bed óók in slaap was gevallen. Toen kreeg de duisternis hem volledig in de greep.

MORMON

'Productie-unit D2 is klaar. De oogst is begonnen.'

Sinds anderhalf jaar geleden de productie bij Mormon was overgedragen van de R&D-afdeling naar de fabriek was MorProd13 verantwoordelijk geweest voor het productieproces. De ontwikkeling van de nieuwe dozen was een opmerkelijke prestatie geweest en MorProd voelde een gloeiende trots als hij dacht aan de prestatie van zijn thuisbedrijf Mormon. Met deze nieuwe dozen zouden ze de markt veroveren en een definitieve slag toebrengen aan de ongelovigen van SpaceCom!

Productie-unit D bestond uit meer dan honderd diorama's waarin de biologische kernen voor de communicatiedozen werden gekweekt. Het was al bijzonder slim geweest van de R&D-afdeling om te werken met verkleinde productiemodellen - tenslotte was in de hersencapaciteit niet veel meer nodig dan de sociaalemotionele functies. Helemaal geniaal was het om voor het realiseren van de verstrengeling niet alleen te werken met emotie maar die hormonaal te versterken. Het bedenken en programmeren van het bijbehorende model voor uitname en onderhoud moest een duivels werk zijn geweest!

De lichten in de diorama's gingen uit, de pastors flikkerden een keer en losten toen op. De deksels van de diorama's werden gelicht en de kleine lichamen werden door de productieband uit de cabines getild. Chirurgisch zouden hersenen, ruggenmerg en klierenstelsel worden geïsoleerd. De elektronische baden waren al op temperatuur en de integratie daarin zou het meest delicate werkje van de productieband zijn. De uitval die in dat stadium van de productie optrad was weliswaar vervelend maar niet onoverkomelijk. Alle dozenduo's die dat stadium overleefden zouden perfect functioneren.

'Productie-unit D2 wordt herladen.'

De productieband had de diorama's inmiddels gereinigd en voerde nu nieuwe startmodellen aan. Voor elk diorama twee, één in elke cabine. In het lab waren ze zover opgekweekt dat ze zouden kunnen kruipen. De cabines zouden de verdere verzorging op zich nemen en de pastors regelden de rest.

MorProd schakelde zijn hub naar een andere unit. Bij K leek er iets niet helemaal te kloppen in de atmosferen.

HET ZAL ANDERS

ADAM

Adam was wakker en hij wist dat Eva dat ook was.

Heel kort flikkerde in zijn geheugen het beeld dat hij in zijn cabine in slaap was gevallen. De gebeurtenissen daarna waren heel vaag. Het wakker worden was voor zijn gevoel wat vreemd geweest, het voelde anders dan anders. Hij kon het niet thuisbrengen, zijn herinnering aan de andere keren dat hij wakker was geworden was schimmig en gaf hem geen vergelijkingsmateriaal. Eigenlijk leek wel alsof hij zijn hele leven had geslapen tot dit moment van wakker worden.

Terwijl hij erover nadacht, voelde hij Eva's aanwezigheid. De herinnering aan wakker verdween onmiddellijk in de blijdschap over haar aanwezigheid. Al zijn herinneringen losten op in het éne moment dat nu zijn leven was.

Dit moment was onafgebroken, zonder begin, zonder eind, eeuwig in de beste definitie van het woord. Geen gisteren, geen geheugen, geen verleden, alleen nog nu: Huwelijk. De eenwording met Eva was volledig. Adam had geen gevoel van tijd, er was geen slaap of wakker, er was geen veraf of dichtbij, geen ziel of lichaam. Alle onderscheid dat er in het verleden was geweest kon hij niet meer maken. Adam was zich er zelfs niet meer van bewust dat er vroeger dat soort categorieën waren geweest of dat ze er zouden kunnen zijn.

Met Eva had hij geen gesprek, er was geen zoektocht naar woorden of formuleringen of betekenissen of begrijpen. Ze deelden hun gedachten en hun gevoelens volledig en vanzelfsprekend. Elk detail van het denken van Eva was aan Adam duidelijk en omgekeerd.

Dat wilde niet zeggen dat het denken van Eva voor Adam voorspelbaar, bijna integendeel. Er waren soms ingewikkelde gedachten, boodschappen die begrip of verstand te boven gingen, onderwerpen die ver buiten zijn ervaringswereld lagen. Soms waren het gedachten die warm en liefdevol voelden, soms ook dingen die moeilijk of alleen maar heel ingewikkeld en langdradig leken. Zulke gedachten nam Adam in zich op en verwerkte hij, maar ze hadden geen invloed op hun Huwelijk. Hij snapte duidelijk niet alles van haar en daar was hij heel tevreden mee. Hij kon aan Eva voelen dat haar regelmatig hetzelfde overkwam en dat was ook prima. Onbegrepen gedachten verdwenen onmiddellijk in het moment. Zonder poging tot begrijpen genoten ze van hun volledige eenheid. Pastor had hen geweldig voorbereid en alles wat hij over het Huwelijk gezegd had was waar. Het was geweldig.

'VERSTRENGELING' VERSCHEEN eerder in het kwartaaltijdschrift Fantastische Vertellingen 50 in 2019.

Bijles

'Liefde is een dimensie', zei ze twee weken geleden tegen me. 'Het is geen scalair, waar je kunt meten in veel of weinig. Het is een dimensie.' Ik begreep er niets van.

We zaten tijdens de bijles samen in het verder verlaten observatiedek van de bibliotheek. Door de Grote Poort van Visuele Ontplooiing keken we uit over het landschap. Kaal, schaduwen in alle tinten grijs - het zou een saai uitzicht geweest zijn, als de heldere aardeschijf niet midden in beeld had gehangen. De halfvolle bol zette het landschap in een lichtblauwe gloed. Het was een onwaarschijnlijk romantisch uitzicht. Tenminste, dat vond ik.

'Denk je dat er nog een weg terug is naar de aarde, na de omwenteling?' vroeg ik.

Chyou keek me even onderzoekend aan, toen schudde ze zachtjes haar hoofd. Ze leek wel teleurgesteld. 'Er is in het leven geen weg, er zijn alleen mogelijkheden.'

Het was een echt Chinees antwoord. Chyou was natuurlijk gevormd in de Han-woordcultuur, ze was intelligent genoeg om fenomenaal te kunnen formuleren. Met woorden spelen, noemde ik het vaak – maar nooit als zij erbij was, want voor haar was 'spelen' beledigend.

Bij haar abstraherende Chinese antwoorden had ik vaak hetzelfde gevoel dat ik ook nu had: ik zag niet in hoe het een antwoord was. Bedoelde ze: 'nee, maar we gaan iets anders bedenken', of zei ze juist 'er zijn allerlei opties maar we hebben de beste nog niet gekozen'? Of bedoelde ze iets heel anders dat ik nu niet kon bedenken? Natuurlijk wist ik dat mijn Angelsaksische achtergrond een handicap was en lieten onze Han-bestuurders geen kans voorbijgaan om dat te benadrukken, maar op deze momenten werd de culturele achterstand wel heel erg pijnlijk.

Ik geloof niet dat Chyou het expres deed.

'Ja, ze zijn erover aan het onderhandelen,' zei ik om te verbergen dat ik niets zinvols wist te zeggen. Het was overigens wel waar: op het moment dat wij samen naar buiten zaten te kijken, waren vertegenwoordigers van de nieuwe aardse UN-regering en Burgemeester Tong Ylong van het Maans Paleis met de Duizend Zalen in gesprek over handelsbetrekkingen. Het waren ingewikkelde onderhandelingen, hoorde ik in datazee. Sinds in het UN-parlement de Chinese Commune de meerderheid was kwijtgeraakt door de derde-generatie-gevolgen van de éénkindpolitiek, werd de delegatie van de UN bemenst door leden van de Ashram. India had nooit aan geboortebeperking gedaan en hun meerderheid was onontkoombaar. Maar de maandirectie met aan het hoofd Tong Ylong zou nooit zijn cultuur verloochenen.

Ik legde mijn arm om haar schouder. Vorige week had ik dat voor het eerst gedaan, nadat ik de week daarvoor al haar hand even had durven vasthouden. Ze had mijn hand niet afgeschud en liet ook nu mijn aanraking toe. Chyou mocht me graag, dat bleek daar wel uit. Ik was haar de afgelopen maanden steeds meer gaan waarderen, ik vond haar zelfs enorm aantrekkelijk. Misschien dacht zij wel net zo over mij.

We hadden gepraat over de leerstof, natuurlijk. Maar daardoor was het ook gegaan over waardering, over respect, over het overbruggen van verschillen tussen mensen en over het waarderen van verschillen. De culturele kloof die ons scheidde was echt, maar ik had in de loop van de weken het gevoel gekregen dat we de verschillen aan het overbruggen waren. Chyou was een intelligente en vriendelijke vrouw, ik wist zeker dat we met verschillen zouden kunnen omgaan.

Dat wist ik inderdaad zeker - het was precies het onderwerp van de hoofdstukken uit mijn studieboek waar Chyou mij wekelijks over bijspijkerde. Ze was daar héél goed in en ze gaf me het vertrouwen dat liefde mogelijkheden heeft over de diepste kloven heen.

Ik had haar over mijn gevoel verteld. Dat was heel on-Chinees, maar ik had me niet kunnen inhouden. Ik weet niet of dat dom was of juist heel slim, maar het floepte er gewoon uit.

Mijn over-oom zegt altijd dat je intuïtie volgen nooit fout kan zijn, maar ik vertrouw mijn intuïtie niet erg – in ieder geval volgt Chyou absoluut nooit haar intuïtie maar doet ze pas iets na overdenking van alle consequenties.

Ik volgde dus niet mijn intuïtie, maar in mijn geval was dat niet het gevolg van nadenken: ik had gewoon niet genoeg zelfbeheersing om mijn impuls te onderdrukken – dat is iets heel anders.

'Ik denk dat ik verliefd op je ben geworden,' zei ik tegen haar toen ik mijn arm om haar schouders had gelegd. Ik probeerde natuurlijk niet om haar een kus op de wang te geven.

Daarmee zou ik de situatie enorm overvragen, dat begreep zelfs ik. Op dat moment kreeg ik dat vreemde antwoord waarvan ik niet kon begrijpen hoe het een antwoord was: 'Liefde is een dimensie.'

'JA. ZE ONDERHANDELEN. Oom Tong heeft dat verteld. Hij zei: Onderhandelen is een spel voor partijen met gelijke róngyù.' Chyou wist net als iedereen dat haar cultuur op aarde de macht aan het verliezen was. Tong Ylong zou daarmee om moeten gaan - als iemand de finesses van macht aanvoelde dan was hij dat. Het zou ongetwijfeld pijn doen, de vanzelfsprekendheid van macht maakt het kleinste verlies ervan ondragelijk.

'Oom Tong zei ook nog: China is leider – dat hangt niet af van stemmen, maar van cultuur. Het is ons lot en onze bestemming om te leiden. Ashram waardeert geen cultuur en geen eer, alleen de kracht van stemmen. Die zijn volatiel.'

Zo politiek had ik Chyou nog nooit horen praten. Meestal negeerde ze het feit dat zij Han was en dat haar vader lid was van de maandirectie en haar oom burgemeester. 'Maar we praten hier niet verder over,' zei ze plotseling. 'We gaan naar huis.' Ze schudde mijn arm af en schoof opzij voordat ze opstond.

Ik wist zeker dat onze liefde bestand zou zijn tegen politiek. Optimistisch liep ik met Chyou terug naar de bibliotheek, zij liep vooruit met kleine snelle pasjes die haar werden opgelegd door kleine schoentjes met hoge hakken. Ik liep op een meter afstand schuin achter haar, met de grote passen die horen bij de klasse van uitvoerend werk.

HET ZAL ANDERS

TWAALF VIJFDAGEN DAARVOOR had ik Chyou voor het eerst ontmoet. Zij moest nog praktijkuren maken voor het afronden van de module 'cultuuradaptief leidinggeven' van haar managementstudie. Ik had bijles nodig in ondernemingscultuur omdat ik moeite had met de theoretische begrippen. Chyou zou me helpen om te voldoen aan de minimale eisen voor toegang tot de stagefase van mijn beroepsopleiding. We waren gekoppeld door het stagebureau van haar opleiding, een echte win-win-situatie. Eén middag per vijfdag zaten we samen in de bieb te studeren.

Chyou sprak met me over de verplichte teksten uit mijn studieboek. Het ging over de kenmerken van Han-geleide organisaties, hoe die cultureel superieur waren aan de Japanse en Angelsaksische cultuurarme organisatiefilosofieën en hoe zij daarom onontkoombaar moesten leiden tot succes voor de organisatie die ze integer toepaste. De synthese van dienstbaarheid en doortastendheid was voor Angelsaksisch gevormde medewerkers cultureel onbereikbaar, was één van de axioma's die in die teksten werden onderzocht.

Eerlijk gezegd: mijn koppigheid maakte bij mijzelf zelfs een klein beetje synthese al lastig. Chyou had het moeilijk met mijn recalcitrante karakter. Soms werkte haar vriendelijkheid, vaker moest ze doortastend zijn.

Het spel van aantrekken en afstoten intrigeerde me. Het ene moment dacht ik dat ze me werkelijk aardig vond, op andere momenten leek het wel of ze zich terugtrok in een andere wereld en de menselijke band tussen ons volledig doorsneed - om even later met een vriendelijk gebaar me weer aan zich te binden.

Ik merkte al snel dat haar mening over mij elke volgende vijfdag belangrijker voor me werd. Ik werd steeds afhankelijker van hoe ze mijn prestaties waardeerde, hoe ze op mijn uitdagingen reageerde, hoeveel woorden ze tegen me zei, hoe groot onze onderlinge afstand op het bankje was als we naar buiten keken. Ik ging steeds meer naar ons studie-uur uitzien en als we dan samen zaten zocht ik steeds meer naar manieren om dichterbij te komen, haar aandacht te trekken, haar waardering te winnen, haar te prikkelen.

Haar voor de eerste keer aanraken was een enorme overwinning geweest. Ze tolereerde de intimiteit, het wond me op, niet zozeer op de seksuele manier maar meer geestelijk, bijna spiritueel: het werd mij daardoor duidelijk dat de aantrekking wederzijds was. Het maakte mijn persoonlijkheid sterker. Ik werd een vollediger mens.

'Zie ik je volgende vijfdag weer?' vroeg ik aan Chyou terwijl we langs de balie liepen. Chyou keek me boos aan. Ze wist dat ik haar opzettelijk bruuskeerde door haar in het openbaar hardop aan te spreken - de medewerkers aan de balie konden ons horen. Ik glimlachte breed terug, mijn theorie was dat ze dit stiekem leuk vond maar dat ze dat volgens haar eigen etiquette niet kon laten merken. Spelen met grenzen is het kenmerk van elke relatie, had ik van mijn over-oom geleerd.

'Onze wegen scheiden zich nu, de toekomst is ongewis,' antwoordde Chyou zonder me aan te kijken. Het kon van alles betekenen, ik hoorde op dat moment niet meer dan een formele bevestiging van onze afspraak in het licht van de onvoorspelbaarheid van alle dingen.

'Maar de agenda heerst over alles,' vulde ik daarom aan. Ik lachte grijnzend naar haar, tevreden met mijn antwoord dat aan de fundamentele vereisten voor hoge-cultuur-conversatie voldeed.

Chyou was mooi als ze boos werd – de rode vlekken in haar nek trokken dan naar haar wangen en haar van nature bleke huid maakte dat haar gezicht prachtig kleurde. Een warm gevoel trok door me heen, ik mocht haar echt heel graag.

Ik nam afscheid met een lichte buiging, die ze met volle aandacht beantwoordde.

ALS IK DE WOONGROEP binnenloop, realiseer ik me dat deze schooldagen weer voorbij zijn gevlogen. Straks bijles. Alleen al van de gedachte word ik vrolijk.

'Vader-neef, je bent laat vandaag.'

In de Angelsaksische groep zijn we natuurlijk allemaal op één of andere manier familie. Familiebanden worden in het Maans Paleis nauwkeurig bijgehouden want de beperkte genenpool levert risico's op. De extra druk door de lokale politiek van gescheiden genenpools die de Familie Ylong namens de maandirectie hanteert, maakt de noodzaak van goede planning alleen maar groter.

'Ha, over-oom, ik heb vanochtend hard op school moeten leren. En straks heb ik ook nog mijn bijles.'

'Leren, ja. Kijk maar uit dat de hormonen jou niet belangrijke dingen áfleren. Bijvoorbeeld wat je plaats is.'

Over-oom vindt het leuk me te stangen. Mijn vijfdaagse studiemiddag met Chyou is natuurlijk bij iedereen in de familie bekend, ik heb het overal rondverteld. 'Transparantie is geen cultuurkenmerk maar een management-instrument. Het wordt toegepast als het in het belang is van het behalen van doelstellingen', heb ik van Chyou geleerd. Ik probeer alles wat ze me leert ook direct toe te passen.

'Dat is al te laat, over-oom. Het is onherstelbaar.'

Hij lacht bulderend. Mensen uit onze familie doen dat. In de familie van Chyou wordt alleen geglimlacht.

Een half uur voordat de bijles begint, krijg ik een iotje van mijn agenda. De afspraak is afgezegd. Niet verplaatst, maar gewoon vervallen. Er wordt geen reden gegeven. Dat doen agenda's natuurlijk nooit, maar ik heb ook van Chyou geen berichtje gehad. Dat past niet bij haar. Protocol vereist dat er melding gedaan wordt in combinatie met excuses.

'Over-oom, kunt u mij advies geven?'

'Nee, natuurlijk niet. Als jij je in zo'n wespennest stort dan is alle advies nutteloos.' Hij lacht maar in zijn ogen zie ik medelijden.

'Moet ik net doen of ik dit niet eens merk? Met welke reactie maak ik de beste indruk?'

'De beste indruk? Wat is dat nou voor stupide vraag? Kerel, je bent in je denken al bijna Han geworden, het is een schande.' Hij briest nu van boosheid. 'Vergeet niet, stamgenoot: je bent en blijft Anglo. Voor hen blijf je Anglo en dat moet je ook voor jezelf blijven. Anders word je straks wakker en dan ontdek je opeens dat je niemand meer bent.'

Over-oom windt zich steeds verder op. 'Als je respect wilt, dan moet dat respect zijn voor jezelf. Niet omdat je half Han bent. Een Anglo laat zich niet afpoeieren. Een Anglo is eerlijk. Als hij afgewezen moet worden, dan is dat in zijn gezicht.'

HET ZAL ANDERS

Met een ruk draait hij zich om. Hij doet twee stappen, stopt, kijkt even om en zegt met een scheve glimlach: 'Ik heb dus toch advies gegeven, denk ik.' Dan loopt hij met rechte rug de kamer uit. De grote stappen van een trotse man.

Hij heeft natuurlijk gelijk: als ik mezelf niet blijf, wie ben ik dan? Ik zal Chyou iotten en .... Nee, nog beter, ik zal haar opzoeken. En dan vraag ik haar naar de reden. Ze zal snappen dat ik dat vraag.

De directe gang tussen de Anglo-ruimten en de verblijven van het Han-administratiepersoneel wordt niet veel gebruikt. We ontmoeten elkaar zakelijk op werkplekken en informeel in de afdelingen voor gemeenschappelijke activiteiten. Vrijwel nooit steekt iemand tussen de woonsectoren over.

Ik passeer drie weinig gebruikte druksluizen voor ik bij de brede toegangssluis van Chyou's woongedeelte kom. Het is er onverwacht druk. Een rij groepstransporters staat geparkeerd in één van de zijgangen net buiten de woongrot.

Terwijl ik sta te kijken komen er net een paar transporters de grot uit. Ze remmen even af, er wordt door chauffeurs gesproken via directe verbindingen, er worden in de gang met de hand aanwijzingen gegeven. Dit is veel meer improvisatie ik van de leiding gewend ben. Een kleine transporter rijdt voor de anderen uit, de brede gang in. Hij neemt niet de afslag naar de werkplekken of activiteitencentra, maar rijdt stapvoets door naar de grootste sluisdeur in dit deel van de gang. Als de deur open schuift, zie ik daarachter de brede goederentransportgang naar de opslagruimten, het industriecentrum en de haven.

Naar de haven! Het schiet het door mijn hoofd: ze gaan weg! Ze gaan de maan verlaten! Zijn ze afgetreden, zijn ze afgezet, zijn ze misschien aan het vluchten? Misschien gaan ze terug naar de aarde, misschien is er een diplomatieke oplossing gevonden waarin de Stad een rol speelt. Ik heb er in de nieuwsflitsen op datazee niets over gezien.

Dit moet iedereen weten, realiseer ik me onmiddellijk. Ik heb niet zo vaak nieuws maar dit is een item waar ik voor betaald ga krijgen. Absoluut! Ik stuur onmiddellijk een iotje naar het nieuwskanaal: 'de maandirectie verlaat de maan'. Ik voeg er een paar beelden bij: de transporter die de route naar de haven neemt, de wachtende wagens voor de toegangspoort. Een beetje documentatie maakt het bericht smeuïg, de tekst doen ze zelf wel verder.

Onverwacht snel krijg ik antwoord: 'uw bericht is onbevestigd en zal niet worden gepubliceerd'. Heel even ben ik verbijsterd. Zo snel antwoord – hebben ze niet eens naar bevestiging gezocht? Geen vraag om verdere informatie? Het is zo makkelijk te factchecken, waarom.... In een flits wordt het me duidelijk: het nieuws wordt geregisseerd, niemand mag dit weten voordat de evacuatie voltooid is.

De eerste grote transporter rijdt de rijbaan op, achter de voorganger aan. Ik meen achter in de wagen het bekende gezicht te zien van onze burgemeester, Tong Ylong van het Maans Paleis met de Duizend Zalen. De stoel naast hem is leeg. Natuurlijk, de eer vereist dat.

Andere transporters sluiten zich aan. Ze hebben geen haast, de kolonne rijdt stapvoets. Zelfs voor een cultuur die hecht aan het achteloos accepteren van noodzaak moet het moeilijk zijn om afscheid te nemen.

Naast de chauffeur van de vierde transporter zit een bekende. Chyou, ze is het echt! Achter haar zit haar moeder, die heb ik wel eens gezien op een nieuwsflash op datazee. Op haar schoot heeft Chyou haar hondje, een klein beestje dat ze teder tegen haar gezicht drukt. Ze geeft het hondje liefkozingen, kusjes, aaitjes, veiligheid, zorg. Liefde. Ze neemt het hondje mee. Misschien wel naar de aarde.

Ik ren naar de transporter, ik wuif met beide armen. Ze moet me zien, ze moet!

Chyou ziet me inderdaad. Onmiddellijk duikt ze onder haar stoel. Probeert ze zich te verbergen? Nee, ze zoekt iets. Ze pakt een tas. Papier en pen, denk ik. Ze wil een boodschap meegeven. Een woord van afscheid, iets dat past bij wat wij de afgelopen maanden hebben gekregen. Ik voel me warm worden. Ze loopt naar het raam toe dat ons scheidt en drukt een brief tegen het raam aan – het is het onmiskenbare briefhoofd van haar opleiding.

Terwijl ik met de transporter meeloop, kan ik de brief met enige inspanning lezen. Het is de verklaring van haar studiebegeleider dat haar studie is afgerond en dat ze de beoordeling 'uitmuntend' heeft ontvangen voor haar studiemodule 'cultuuradaptief leidinggeven'.

Ik kijk haar vragend aan. Ze lacht, zo hard schaterend dat ik haar bijna buiten kan horen. Ze lacht harder dan ik haar ooit heb zien doen.

IK HEB ER LANG OVER moeten nadenken, maar ik begrijp het nu.

'Uitmuntend'. Zo wordt dus beschreven hoe ze met mij is omgegaan. Leidinggeven is mensen beïnvloeden. Het kiezen van gegeven informatie. Het sturen van denken. Het gericht wekken van indrukken. Een Anglo zou zeggen dat het manipuleren is. Die Anglo zou denken dat hij daarmee iets zinvols zegt - mijn leerboek 'filosofische ondernemingscultuur' zou opmerken dat alle management manipulatie is. Dat elke relatie manipulatie is. Dat elke discussie en elke gedachtewisseling manipulatie is. En dat het veroordelen daarvan oppervlakkig en gemakzuchtig is.

Natuurlijk heeft Chyou me niet verteld dat haar familie de maan zou gaan verlaten – transparantie is een managementinstrument. Wat zij aan haar hondje geeft, zou ze nooit aan mij geven. Ik snap haar boodschap nu: zelfs in liefde leven wij parallel. Misschien dicht bij elkaar, maar zonder dat onze werelden elkaar ooit raken. Wat niet raakt, heeft niets gemeenschappelijk.

Ik begrijp het. Het raakt me.

Big Bang

'Kijk, daar, ik zie ...'
  'Kijken, niet spreken.'
'Maar wat is ...'
'Ik zei: kijken, niet spreken.'
Ik word teruggetrokken, de korf in.

Het leven is niet eenvoudig voor neootjes op deze verdieping. Je moet keuzes maken die je toekomst bepalen, maar je weet nog helemaal niet waar het in het bestaan om draait. Wat bepaalt of je goed kiest of niet? Welke doelen moet je bereiken? Bestaat er wel zoiets als een goede keuze? Ik vraag me af of er iemand is, die weet wat het doel ons bestaan is. Ik heb daarover nog niets gehoord, in ieder geval: niets dat een beetje inspirerend klonk.

Volgens het protocol moeten we vanaf het platform voldoende kunnen leren over de mogelijkheden. Het proces is simpel: je loopt naar buiten, je staat stil op het platform en je kijkt de wijde ruimte in. Daar zie je ontelbare universa in de leegte hangen en bewegen. Soms zweeft een universum vlakbij langs - dan kun je dieper naar binnen kijken, je ziet ruimtelijke en temporele structuren, je ziet verschillen in opgerolde en uitgerolde dimensies, variaties in onderliggende logische structuren, betekenis en waarden van fundamentele grootheden. Je ziet universa met een gloed van vloeiing en zachtheid, maar ook universa met harde randen en explosies. Je ziet alle combinaties die denkbaar zijn en je krijgt een glimp van de concepten die ondenkbaar zijn. Elke keer als ik die nabije universa bekijk, raak ik overweldigd door de veelkleurige inventiviteit, ideeënrijkheid en schoonheid van uitvoeringen. Schoonheid lijkt zeker een criterium.

Myriaden universa hangen veel verder weg, in alle richtingen en tijden. Je kunt door de grotere afstand niet naar binnen kijken, maar je krijgt wel een heel goed globaal beeld. Glinsterend of duister, glanzend of dof. Stil en stabiel, of juist botsend, trillend, schokkend, verklevend, stuiterend, versmeltend, pulserend, resonerend. In isolatie of in clusters met samenhang of juist zonder, in golven met zachte deining of juist in woeste stormen met spattende patronen. De mogelijkheden zijn overweldigend.

DAN STA JE DAAR DUS op het platform. Je ziet al die universa. Het idee is: je zoekt er exemplaren uit die je aanspreken en je leest daarvan de instellingen. Iets in die buurt zou dan wel eens jouw beste toekomst kunnen zijn. Je gaat waarnemen en afwegen, interpoleren en extrapoleren, kopiëren en creatief ontwerpen, voorzichtig aan knoppen draaien of juist woest experimenteren, met als centrale vraag: hoe zet ik de opties in om mijn eigen toekomst vorm te geven? Als je dan een beeld begint te krijgen, dan probeer je de daarbij horende instellingen te reproduceren.

Ja, het idee is dus best simpel. Maar ik zit nog steeds met de vraag: hoe doe je het góéd? Hoe geef je betekenis?

HET ZAL ANDERS

In de korf is het ... Nou ja, het is de korf. Ik kan niet schatten hoeveel neootjes er op deze verdieping zijn, de ruimte strekt zich uit naar alle kanten en ik voel in alle richtingen aanwezigheid. Veel zijn net als ik jong en onzeker. Ze staan in kleine groepjes en praten met elkaar, zacht en voorzichtig. Ik ga er vaak bij staan om te luisteren. Eigenlijk weet niemand iets van belang.

Er zijn ook ervaren neootjes. Ze lijken minder zoekend en ze hebben meer karakter. Ze willen niet met mij praten en ze laten me ook niet meeluisteren met hun gefluisterde gesprekken. Ik ben te neo. Als ik te dichtbij kom, sturen ze me weg. Ik blijf dus op een afstand. Af en toe kan ik een flard van hun opmerkingen opvangen. Heel af en toe is het iets dat bij de jongere neootjes niet bekend is, maar veel is dat niet.

De karakters van de bewoners van de korf zijn gevarieerd – ik heb bedacht: ze zijn net zo verschillend als de universa buiten. Sommigen van de meer ervaren neootjes zijn afhankelijk of vriendelijk of zelfs smekend, anderen zijn hard of bot of arrogant of agressief. Ik kan soms aan ze voelen dat ze bijna klaar zijn voor hun keuze. Ik ken geen individuen dus ik weet niet of er iemand ontbreekt die al besloten heeft.

Tussen de groepen neootjes door zwerven de meesters: groots, dominant, ontzagwekkend, ontoegankelijk. Ik heb gehoord dat zij uit hogere verdiepingen komen en ons moeten ondersteunen in onze groei. Ik heb één keer de moed opgebracht om aan een meester te vragen naar die hogere dimensies. Hij gaf geen antwoord, hij negeerde me volledig. Een andere meester vermaande mij later dat ik me moet bezighouden met dingen die me aangaan en niet met dingen die te hoog voor me zijn. Ze overleggen dus wel met elkaar, al zie ik ze nooit samen.

De verdieping strekt zich uit in alle richtingen. De imposante afmeting is beklemmend. Ik ben eenzaam – tenminste, ik denk dat dit een passend woord is voor mijn gevoel.

Als ik in de korf omlaag of omhoog kijk, zie ik laag na laag de dimensies. Beneden zijn de dimensies waar wij neootjes vandaan komen – ons verleden is een vast onderdeel van de verhalen die ik hoor. Mijn lotgenoten vertellen dat ze zich herinneren hoe zij door oneindig veel verpoppingen zijn opgestegen van heel ver beneden tot waar we nu zijn. Meestal zijn ze er trots op. Het idee vervult me met een vreemd soort angst. De diepte naar beneden is adembenemend, verdieping na verdieping, honderden verdiepingen na honderden verdiepingen, het gaat eindeloos door tot in zwarte duisternis en misschien zelfs nog daarna. Ik kan me niets voorstellen bij een reis die ik heb af moeten leggen van die oneindige afgrond naar hier. Ik kan me er ook niets van herinneren. Ik herinner me zelfs niets van een eventuele overgang van de laatste verdieping naar hier. Is dat ooit gebeurd en wat heb ik ervoor moeten doen? Waarom herinner ik me niets terwijl anderen dat wel lijken te doen? Heb ik een merkwaardig soort geheugenverlies? Of is het bij hen illusie, verzinsel, inlegkunde, misschien wel waanzin?

Naar boven strekt de korf zich uit tot heel ver in de hoogte de dimensies vervagen. Zie ik duizend verdiepingen boven me? Honderdduizend? In de dimensies boven me zie ik ze rondzwerven. De meesters. De goden. Vlak boven ons zweven presenties in alle schitteringen van grootsheid. Creatie en vernietiging in gradaties en combinaties. Kleur en heerlijkheid en vreemdheid in alle permutaties. Nog verder naar boven worden dimensies vager, onstoffelijker, transparanter, onbevattelijker. Dat hoort bij de orde in de korf. Ik heb van een gevorderde neo wel eens gehoord dat er op verdiepingen boven ons wordt verteld dat op verdiepingen daarboven wordt verteld dat er een bovenste verdieping is, maar dat niemand dat zeker weet omdat door ongrijpbaarheid het hoogste overgaat in het niets.

Neootjes vertellen dat in de dimensies vlak boven ons de goden almachtig zijn. Op de dimensies daarboven zijn ze nóg almachtiger en zo maar door. Het stopt iets voor mij te betekenen maar dan kan het natuurlijk nog wél realiteit zijn. Misschien niet 'natuurlijk realiteit' maar 'onnatuurlijk realiteit', maar dat is dan even goed nog realiteit en daarmee ook in zeker zin natuurlijk.

DE KORF HEEFT EEN ORDE. Het zijn de wetten en regels die de basis zijn voor het functioneren. Of ik die orde kan begrijpen, is niet belangrijk: het is nu eenmaal de orde van de korf. Waarom de wetten zó zijn en niet anders? Ik heb geen idee. Zouden de wetten anders kunnen zijn? Als ze anders zouden zijn geweest, wat zou dat dan voor de korf betekenen?

In een visioen zie ik me voor me hoe er grenzeloos veel korven door een meta-korven-ruimte zweven. Ze zijn allemaal anders. Korven hebben verschillende opbouw, verschillende regels en wetten, andere structuren en indelingen, andere kenmerken van de bewoners en andere mogelijkheden en keuzeruimten. Het visioen zoomt uit: ik hoe vanuit een hyperkorf de hyperkorfbewoners de keuzes maken voor de vorm die hun korven krijgen. Het zoomt nog verder uit, ik zie voor met hoe er grenzeloos veel hyperkorven zweven door een meta-hyperkorven-ruimte. Dimensies in dimensies in dimensies in dimensies.

TRAINING: INFORMATIESESSIE. Het is deze keer een technische briefing over dashboard, keuzes en knoppen. De keuzes vallen in een paar fundamentele categorieën: keuze van aantallen en definities en diepten van dimensies, keuze van ruimtewiskunde en basisnatuurwetten en systeemconstanten. We moeten begrijpen hoe die keuzes de eigenschappen van het universum bepalen. De categorieën zijn beperkt in aantal, het aantal inputvariabelen is onoverzienbaar groot, de variatie in mogelijke waarden is oneindig. Universa zijn extreem gevoelig voor precieze waarden van de input.

Maar welke uitkomst vind ik gewenst? Wat geeft het universum betekenis? Wat is het doel van mijn bestaan? Het wordt niet besproken.

TRAINING: PLATFORMSESSIE. Wat zie je? Wat voelt dichtbij? Wat vult aan? Universa trekken voorbij als bladeren bij een herfststorm. Opeens... 'Dat universum dat ik daar zie. Meester, wat is dat?'

De meester zwijgt.

'Meester, wat zag ik daar?' Ik krijg antwoord. Wonderbaarlijk.

'Wat je zag is het taboe. Het is walgelijk ontwerp: slordig, ordeloos, niet creatief, gemakzuchtig, oppervlakkig. Het is verkwiste inspanning - leegheid in plaats van inspiratie, vaagheid in plaats van schoonheid, kwaad in plaats van verrassing. De stank van de schimmel is het bewijs van het taboe.'

Ik haal het beeld terug. Het was een bijna leeg universum. Ik bezie het oppervlakkig - het heeft een vreemde expansie en een vreemde inhoud. Maar ik zie ook flonkeringen die me verwarmen. Kleine onopvallende flitsen die het universum op één of andere manier karakteriseren, doorstralen, verwarmen. Ze geven betekenis, maar op welke manier? En welke betekenis zie ik eigenlijk?

'Meester, wat is schimmel?'

De meester kijkt me aan. Dat doen ze nooit. Ik verschrompel onder de afkeuring, die blik moet wel afkeuring zijn. 'Schoonheid is orde. Orde is wetmatigheid en voorspelbaarheid, uitlegbare creativiteit en navolgbare verrassing. Onvoorspelbaarheid en chaos en afbraak zijn kwaad.'

'Dat snap ik.'

'Begrip doet niet ter zake.' De vermaning is meedogenloos en was voorspelbaar. 'Goed is wat bij de orde past. Groot goed is als het verrassend is maar wel op de orde terug te voeren. Kwaad is wat niet bij orde past. Groot kwaad is als het verrassend is en niet op de orde terug te voeren. Het grootste kwaad is vrije wil.'

De meester wendt de blik af. 'Het is gezegd.'

Terug in de korf zoek ik afzondering. Ik herinner mij het universum en doe waar de bezichtigingen voor bedoeld zijn: ik zoom in en onderzoek. In de definitie van het universum vind ik treurigheid: de maker heeft simplistische wiskunde gebruikt, ongecompliceerde logische structuren, belachelijk basale regelgeving met wat knopen en draden en idioot weinig knoppen. Het universum creëerde daarmee materie en velden. Materie! Ik ga de meesters een beetje begrijpen. Hier is geen schoonheid te zien, hier is geen brille en geen explosie van strelende creativiteit. Maar iets hier trekt toch mijn aandacht - wat is er wel?

Ik zoom verder in. Ik zie veel leegte, ongebruikte ruimte met gemiste mogelijkheden en verkwiste opties. Magere en rommelige structuren doorkruisen de laagdimensionale ruimte. Inspiratieloos. Binnen die structuren is er op lager niveau alweer veel leegte. Onsamenhangende ruimtelijke verdelingen met een door toeval beheerste chaotische mengeling van basiselementen. Fantasieloos. De simplistische grondregels veroorzaken bollen met voorspelbare ontwikkelingen. Saai. Ik zoom verder in, bijna tegen beter weten in.

Dan zie ik op sommige bollen een flonkering, klein en in volume betekenisloos. De kleine flitsjes komt uit een dunne vale laag op de buitenzijde van die bollen. Dit moet zijn wat de meesters schimmel noemen, realiseer ik me. Nieuwsgierigheid drijft me om goed naar de schimmel te kijken. Waar komt de flonkering vandaan die mij intrigeert maar die anderen blijkbaar afschuwelijk vinden?

De schimmel is duf en droevig. Het past bij het ongeïnspireerde universum en de troosteloosheid van materie. Je verwacht hier niets van schoonheid - maar tot mijn verbazing zie ik in de schimmel hier en daar een klein stukje glans – het is de glans die dit universum haar karakter geeft. Ik heb nooit gedacht dat 'keuze' buiten de korf zou kunnen bestaan. Dit moet zijn wat de meester 'vrije wil' noemde. Dit is het grote kwaad.

ALS IK DE SCHIMMEL van dichterbij onderzoek, herken ik het oordeel van de meesters – zoals altijd hebben ze gelijk: die 'vrije wil' is een alles doordringende rot. Het leidt tot keuzes die schoonheid aantasten, keuzes die betekenis vernietigen, keuzes die kapot maken wat mooi had kunnen zijn. Ik voel me ongelukkig worden, de geur veroorzaakt in mij een diepe afkeer, ze is in strijd met alles wat ik ben.

Op het moment dat ik me wil afkeren van dit kwaad zie ik diep in de doffe schimmel een kleine flits. Er ontstaat een rijtje flonkeringen. Ze zijn kort en voorzichtig, ze tasten proberend rond, sommige van de flonkeringen falen en bij andere raakt een stukje van de schimmel geïnfecteerd en wordt de flonkering groter voordat ze langzaam weer uitdooft. Het licht van de flitsjes valt bijna weg in de stank van het schimmel, maar het is er wel! De schitteringen komen op sommige plekken naar boven, ze dragen een totaal andere geur – het is een kwetsbare geur maar als ik me erop concentreer ontdek ik dat de geur sterk is, doordringend, vol potentie. Ik ruik keuzes die betekenis geven waar geen betekenis was. Ik ruik ondertonen van waarderen, versterken, steunen, schoonheid maken. Ik ruik tinten van herstel en vernieuwing en verbondenheid. Ik ruik blijdschap, vrede, geduld, vriendelijkheid, goedheid, betrouwbaarheid, zachtaardigheid, zelfbeheersing. Het verwarmt me op een manier die ik niet kan verklaren.

Liefde. Het woord is me net te binnen geschoten. Ik ken het woord, ik weet de inhoud, maar ik weet niet waar het vandaan komt. Ik heb het nooit iemand horen gebruiken, ik ken uit de korf geen voorbeelden van het verschijnsel dat door het woord beschreven wordt. Komt het uit mijn herinneringen van dimensies lang geleden? Ik weet het niet. Maar ik voel een zekerheid die in mijn wezen gebeiteld: dit is wat het waard is om een universum voor te creëren. Dit geeft betekenis. Dit is het enige.

Ik scan de instellingen van dit universum en sla ze op. Terwijl iedereen mij nakijkt ga ik dwars over de verdieping naar het platform. Ik stap eraf, het grote multiversum in. Ik ben er klaar voor. Ik ben het zaadje, de singulariteit. Dit is mijn Big Bang.

'Er zij licht ...'

DIT VERHAAL VERSCHEEN in 2022 op de website Out of this World, als onderdeel van de wedstrijd Big Bang onder de titel 'Geboorte'.

Uit Afrika

'Als het niet van jou is, dan wil ik niet.' Becca is verontwaardigd. 'Wie bepaalt er wie de vader van mijn kind wordt? Ikzelf toch zeker?'

Becca is hooghartig en eigenwijs, ze heeft snel haar mening klaar en uit die onmiddellijk. Dat past bij haar en haar familie, haar moeder is een grote reder op het eiland Kilimanjaro. Door die afkomst zijn er natuurlijk ook genoeg gegadigden om haar kind te verwekken – ze kan zich veroorloven om hooghartig te zijn. In gesprekken thuis zijn vaak gegadigden de revue gepasseerd: Rebult uit Mewenzi bijvoorbeeld - zijn moeder is adviseur van de Priesteres en zo'n verbintenis zou Becca kunnen helpen. Maar ja, zijn baard is vlassig, zijn schouders zijn smal en zijn stem is hoog.

Hij is heel anders dan Danil, vindt Becca. Danil zit nu naast haar naar de zonsondergang zit te kijken. Haar kind moet van hem zijn, heeft ze besloten. Van niemand anders. Als dat gevolgen zou moeten hebben: dan maar géén carrière. Becca heeft het verzoek om toestemming voor haar kind ingediend zonder dat met haar moeder te bespreken. Ze is volwassen, ze is vrouw, zijn gaat over haar eigen keuzes. Tenminste, dat vindt zij.

'Morgenmiddag horen we het.'

Danil is altijd praktisch. Zoals het komt, zo komt het. De toestemming is gevraagd, de Priesteres controleert de stambomen en dan komt er een beslissing. Er wordt gezegd dat de oma van Becca een zus was van de grootvader van Danil, maar dat ze niet van dezelfde vader waren. Misschien vindt de Priesteres het een taboe-factor, misschien ook niet. De Priesteres zal het uitmaken, voor hen zal de uitkomst bindend zijn. Zo is het altijd gegaan op het eiland van Kilimanjaro, en zo zal het blijven gaan. Traditie bepaalt het leven.

Vanaf hun geheime plekje tussen de kliffen van Shira kijkt Danil uit naar het westen. Hij ziet in het licht van de ondergaande zon het buureiland Arusha liggen: een dunne streep aan de horizon. Het ligt op anderhalve dag varen, vertelde Becca. Haar moeder heeft zeven boten waarmee ze handeldrijft op alle zeeroutes: ze varen naar nabije eiland Arusha, maar ook naar de grote en hoge eilanden van de Alpenvolken in het verre noorden, en soms zelfs met de vlakten van het Keizerrijk Tibet in het oosten.

'Ik zal een afkeuring niet accepteren. Dat doe ik nooit. Nooit!'

Danil hoort in Becca's opstandigheid het karakter van haar moeder. De eigengereidheid, de onbuigzaamheid, het zelfbewustzijn van de adel. Becca praat zoals ze is opgevoed, als vrouw met rijke voorbestemming kan ze niet anders. Danil snapt het, tegelijk ervaart hij hoe anders het is dan in zijn eigen familie: eenvoudige geitenhoeders van de vlakte die soms een scheepsjongen mogen leveren.

'Zo, jongelui, aan het genieten van de zonsondergang?' Danil schrikt op, hij voelt zich betrapt. Becca is niet zo snel van haar stuk. 'Ah, oom Shmul. Kom erbij.' Oom Shmul is een vertrouweling van haar moeder, ze mag hem graag.

Langzaam gaat de oude man zitten, hij vouwt zijn indrukwekkende witte baard opzij.

'Je wist dat we hier waren?'

Shmul glimlacht. 'Iedereen weet dat, Becca. Kilimanjaro is een klein eiland.'

'Moeder weet het ook?'

'Natuurlijk. Je moeder weet alles. Daarvoor ben ik ook hier.'

Becca kijkt hem vragend aan.

'Er kwam vanmiddag een loopster uit Kibo. Ze vertelde over jouw aanvraag voor toestemming. Je moeder is woedend.'

'Ik mag zelf beslissen.'

'Je moeder ziet dat anders, ben ik bang.'

'De Priesteres zal toestemming geven. Dat is voldoende.'

'Er komt geen beslissing, Becca. De Priesteres zal geen beslissing kunnen nemen. De loopster is al begonnen aan de klim naar de top met het verzoek van jouw moeder daarvoor.'

'De Priesteres moet een beslissing nemen!'

'Ze zal naar je moeder luisteren. Er komt geen beslissing, je moeder heeft een andere toekomst voor je.' Oom Shmul kijkt haar vriendelijk aan. 'En wees eerlijk, Becca, dat wist je ook al. Natuurlijk wil jij je moeder uitdagen en dat moment zal een keer komen. Maar niet nu. Niet hiermee.'

Becca ontploft.

De glimlach verdwijnt niet van het gezicht van Oom Shmul als hij opstaat en vertrekt. Het ritueel gaat over van generatie op generatie.

Die nacht brengen Becca en Danil bij het kleinste schip van moeders' vloot voorraden aan boord. Voordat de zon opkomt, varen ze uit. Eerst steken ze een klein stuk zee over, de korte tocht naar de grote baai van Arusha. Daar zullen ze extra voorraden inkopen en dan zijn ze klaar voor de grote oversteek naar het verre noorden. Becca schat dat ze twaalf weken onderweg zullen zijn voordat ze de eilanden van de Alpenvolken bereiken. De overtocht naar Arusha heeft Becca tientallen keren gemaakt met de zeilers van haar moeder. De reis naar de Alpen nog nooit – maar ze kan het, ze is niet voor niets lid van haar familie.

'Moeder zegt dat je vroeger kon lopen van Kilimanjaro naar Arusha,' zegt Becca als ze aan het begin van de dag uit Kilimanjaro vertrokken zijn. 'Het waren allebei bergen en als je van de ene naar de andere liep, dan stak je een grote en droge vlakte over. Het was ongeveer vier dagen lopen.'

Danil kijkt naar beneden, het water in. 'Maar het is diep hier. Zo laag is eb nooit, daar heb ik nog nooit van gehoord.'

Becca knikt. 'Ja, het is heel diep. Volgens moeder meer dan drie kilometer. Maar het was vroeger zelfs met vloed droog. Dat staat in het boek van Kibo.'

'Ach, verhalen.'

Danil is te praktisch voor zulke oudemensenpraat. Hij trekt het zeil strak. Achter hen gaat de zon op boven het langzaam kleiner wordende eiland Kilimanjaro.

Dat maakt ons mens

'Vroeger aten mensen dieren en planten. Wist je dat?'

Javi/ Donna ziet de drie gezichten van Hanna/ Lev/ Kor nieuwsgierig rondkijken. Hun blik blijft merkbaar langer op haar rusten. Vandaag is ze te gast in deze clan, dat maakt haar voor HLK natuurlijk een aantrekkelijk doelwit voor een spelletje provocatie.

'De dieren waren dood. Je weet wel, dat is dat ze niet meer leven. Maar planten aten ze zelfs levend op.' De clan zit na te tafelen in de eetzaal, het is het gezelligste moment van de dag. Het is vandaag een klein gezelschap, met negen individuen in vier persoonlijkheden passen ze precies om de tafel.

'Ik wil het niet horen, je bent afschuwelijk.' Hark/ Jabo reageert direct. Er trekt een frons over haar beide gezichten terwijl die elkaar aankijken om de walging te delen. Haar frustratie wordt gelukkig meteen door haar regulator opgelost in een vriendelijke glimlach. HJ heeft haar reg duidelijk hoog staan, denkt JD, HJ heeft gekozen voor weinig frustratietolerantie en heel veel harmonie.

'Ja, en mensen gingen zelf ook dood.' HLK is het enige drietje in de clan, misschien dat ze daardoor graag choqueert. Als ze haar regulatieniveau expres laag houdt, dan krijg je dit soort dingen.

'Ach, nee, stop alsjeblieft,' zucht HJ, en ze stop haar vingers in al haar oren.

Triomfantelijk kijkt HLK naar het hoofd van de tafel. 'Grijp maar in,' zeggen haar ogen tegen Saida/ Fatima. Als tafeloudste moet SF dat ook doen natuurlijk, dat weten ze allebei.

'HLK, even rustig alsjeblieft. We hebben JD als gast en we moeten haar een beetje blij houden voor haar reis naar Mars, morgen.'

'Gingen mensen dood?' Javi/ Donna kijkt verbijsterd naar HLK. Ze is vers van de kwekerij, pas een week geïntegreerd en haar reg moet duidelijk nog de goede vorm vinden. In de onzekerheid hebben haar individuen elkaars hand gepakt. Het ziet er schattig uit, vindt SF.

'Lang geleden was alles anders,' zegt SF voordat HLK antwoord kan geven. 'Mensen hadden pijn. Of ze waren eenzaam, of ze werden ziek.' SF gebruikt woorden waarvan JD de betekenis wel kent, maar de emoties niet. Pijn kent ze een beetje – dat is wat je voelt als er iets niet goed gaat. Als je een teen stoot, of zo. Pijn is slecht voor je, maar je reg lost het snel op. Niemand hoeft veel pijn te hebben, zolang je de reg maar genoeg ruimte geeft. Eenzaam of ziek heeft ze nog nooit meegemaakt - tenminste: dat denkt ze. Ze zou niet weten hoe je het zou moeten herkennen.

'En mensen hadden vroeger ook geen regulator. En daarom werden ze ziek en kregen ze altijd ruzie.' HLK kijkt vol verwachting rond - als ze in deze stemming is, dan maken geschrokken gezichten haar gelukkig. 'Ja, dat is echt zo: mensen waren vroeger niet geïntegreerd.'

HET ZAL ANDERS

Hanna/ Lev/ Kor dramt, constateert SF, dat doet die eenheid wel vaker maar op dit moment heeft ze geen controle meer over zichzelf. Dan maar een interventie, morgenochtend moet JD zonder frustraties naar haar werk kunnen. SF's reg stuurt de opdracht, HLK voelt onmiddellijk de ingreep in haar systeem. Haar individuen slaan de armen om elkaars schouders om deze overwinning te vieren, dat heeft ze toch maar mooi bereikt! Daarna voelt ze de loomheid van bevrediging over zich zakken. SF heeft een lief instrument gekozen voor haar ingreep, denkt HLK dankbaar.

SF rondt het gesprek af: 'Maar natuurlijk weten wij niet wat dood voor onze voorouders precies betekende. Dood is de vijand van leven, wij hebben die gelukkig uitgebannen. Pijn en verdriet en frustratie en sterven passen niet bij mens-zijn.' Ze kijkt naar de gezichten rond de tafel. 'Trouwens, Hark/ Jabo, hoe was het vandaag in de nagelsalon?'

HJ kijkt SF dankbaar aan. 'SF, je bent een schat! Ik heb het zo naar mijn zin gehad. Weet je....' Vol overgave begint HJ over zichzelf te praten.

ALS JAVI/ DONNA DIE avond in bed ligt, denkt ze na over het merkwaardige gesprek. Stel je toch eens voor dat haar reg de problemen niet zou oplossen. Het zou het leven hopeloos maken, ze zou het niet overleven: kwetsende opmerkingen, tegenvallers, bewuste pogingen om je onrustig te maken, minachting. Het tast je menselijkheid aan, denkt ze, leven zonder regulering is geen leven.

Zelfs nu, terwijl ze er in alle rust over kan nadenken voelt JD haar reg de onrust regelen. Een deken van ontspanning zakt over haar, haar hartslag zakt, het geluk stroomt binnen - de zekerheid dat er voor haar wordt gezorgd vervult haar met dankbaarheid. Haar individuen kruipen intiem bij elkaar, haar persoonlijkheid geniet van de warmte van de harmonie. Morgen wordt een spannende dag - de start van de reis naar Mars waarvoor zij is samengesteld.

DE START VAN DE REIS is natuurlijk probleemloos, het blijft een standaardreisje. Eerst met de shuttle naar het baanstation, daar overstappen op de lijndienst naar L2. Daar ligt de Marsbus al klaar, volledig gereviseerd en getankt voor de trip naar Mars om gestrande toeristen op te halen. Nervositeit krijgt geen kans en ook beginnende ruimteziekte werd door de reg keurig opgelost.

De eerste vier weken van de busreis zijn net zo saai als je mag verwachten. JD weet best dat ze meer buschauffeur is dan ontdekkingsreiziger. Soms denkt ze dat ze meer zou kunnen, soms weet ze zelfs zeker dat ze meer wil. Maar ze ziet geen mogelijkheden, het opkomende gevoel van tekortschieten wordt door de reg bijgestuurd om te voorkomen dat er frustraties ontstaan. Ze is dus tevreden - voor haar is de vervulling van haar leven buschauffeur.

JD hoorde het gillend gefluit van ontsnappende lucht een paar tienden van een seconde voordat het gekrijs van het drukalarm afgaat. Voorafgaand aan het lek was er geen waarschuwing - niet van de meteorietenradar, niet van de botsingscontrole, helemaal niets.

Haar training zorgt voor de goede reacties, de reg zorgt voor de bijbehorende adrenaline. Het individu Javi duikt naar het drie centimeter grote gat in de westwand, in een enkele handbeweging haalt hij de wandpleister uit de houder en plakt die op het gat. Het sissen hier houdt direct op, maar er moet natuurlijk ook een uitgangsopening zijn. De tegenoverliggende wand vertoont ook een gat, ook hier plakt Javi een wandpleister. Het gefluit van ontsnappende lucht verdwijnt direct - of nee: er sist nóg iets.

Javi houdt zijn hoofd schuin om beter te luisteren. Veel zachter, een veel hogere toon, maar het is zeker ontsnappende lucht. Daar, daar! Het gaatje is niet groter dan een millimeter en bijna onzichtbaar achter een kabel. Een kleine pleister verhelpt het luchtverlies. Nu eerst de check op drukverlies, zegt de training, en dan met de veiligheidslijst alle systemen controleren.

Dit is vreemd, realiseert Javi zich opeens. Hij zou nu moeten merken dat hij rustig wordt, zodat hij goed kan nadenken. Maar dat gebeurt niet. Hoe... Terwijl de reg hem kalm zou moeten maken, voelt Javi zijn paniek toenemen. Er is iets verkeerd, er is iets heel erg verkeerd.

Waar is Donna? Hij voelt haar niet. Wat moet hij? Woest zoekend naar hulp kijkt hij rond. Donna! Ze zweeft achter hem in de cabine. Haar lichaam draait langzaam rond, maar zelf beweegt ze niet. Haar ogen zijn gesloten, haar mond staat halfopen, in haar nek zitten een paar druppeltjes bloed, tientallen kleine ronde druppeltjes zweven in een kleine wolk om haar heen.

Javi probeert te voelen hoe Donna zich voelt maar het lukt hem niet. De verbinding is verbroken, hun integratie is los - ze is weg! Zijn laatste weerstand tegen de angst breekt, paniek overspoelt hem. Hij begint te gillen.

JAVI HEEFT GEEN IDEE hoelang hij heeft gegild. Zijn keel is rauw, hij kan niet meer. Hij schudt aan Donna. Hij duwt en trekt. Hij roept en smeekt. Zijn tranen stromen. De cabine signaleert dat er te veel vloeistoffen rondzweven en reageert met zwakke luchtstromen om het binnenklimaat te reinigen. Donna reageert niet. De wond in haar nek bloedt nauwelijks. Een uitgangswond, denkt Javi, die moet er ook zijn. Net achter haar rechteroor vindt hij een even kleine wond. Ook hier nauwelijks bloed.

Een meteoriet, dat is duidelijk: het piepkleine steentje dat ook het kleinste lek heeft veroorzaakt. Dwars door haar achterhoofd, van de nek schuin omhoog. Ze is buiten bewustzijn, hun integratie is uitgevallen, hun reg werkt niet meer. Javi kan niet voelen hoe zij zich voelt, hij mist haar vertrouwde nabijheid en hun gedeelde emoties. De medbank, realiseert Javi zich, die kan kijken wat er moet gebeuren. Ze moet gerepareerd worden, bijgesteld, gereguleerd.

Het kost weinig moeite om Donna onder gewichtloosheid naar de medbank te duwen. Als het deksel sluit, maakt Javi zich op voor de snelle diagnose die er meestal volgt. Op het scherm verschijnen stap voor stap de vinkjeslijsten - de medbank volgt natuurlijk de standaardlijst voor toeristen. Ruimteziekte, alcoholvergiftiging, middelengebruik, gebroken ledematen, overige botbreuken, bloedwaarden, orgaanfalen, hersenfuncties. Honderden regels gaan voorbij, er verschijnen regel voor regel groene vinkjes.

Helemaal aan het eind, bij neurologische reflexen, verschijnen de rode kruisjes - onder haar nek zijn er geen pijnreflexen, geen spierreflexen, niets. Toch nog onverwacht is de medbank klaar - voor de regulator en integratieproblemen zijn er blijkbaar geen vinkjes. Op het scherm verschijnt de slottekst: 'diagnose: dwarslaesie - pijnstillers toegediend - adviseer onmiddellijke opname in ziekenhuis'.

De deksel klapt langzaam open. 'Javi, wat is er aan de hand? Ik voel me zo raar'. De stem van Donna is slaperig en slepend. Ze kijkt hem aan, haar ogen halfopen, angstig en afhankelijk.

JD ZIT OP DE BRUG. Op de radar is zojuist de shuttle verschenen die de gestrande toeristen naar de bus brengt, samen met de aflossing voor de bemanning. De shuttle zal bij de afdaling JD meenemen voor behandeling: eerst Donna repareren, daarna de integratie herstellen en de reg vervangen.

Javi zit in de chauffeursstoel, naast hem zit Donna. Haar hoofd zit vast in de stoelklemmen, haar lichaam is gefixeerd in de riemen. Terwijl ze de shuttle langzaam dichterbij zien komen, maakt het vooruitzicht om eindelijk geholpen te worden hem emotioneel. Het zijn acht verschrikkelijke weken geweest.

'Ik vind het zo afschuwelijk dat je steeds alles voor me moest doen,' bekent Donna. Ze kan haar ogen draaien en zo net Javi aankijken. 'Het was verschrikkelijk. Me eten geven en me wassen en me uitkleden en me aankleden. En zelfs ... nou ja, je weet wel'.

Javi tuurt naar buiten. 'Ik vond het ook afschuwelijk. Niet om het te doen, maar om te zien dat jij niks kon. Zo machteloos. Om zo afhankelijk te zijn...' Hij kijkt Donna aan. 'Ik vond trouwens dat je dat geweldig deed.'

'Ha,' sneert Donna. 'Ik heb in een paar weken zoveel gehuild. Zonder de reg ..., jakkes. Ik ben veel te emotioneel.' Ze lacht naar Javi. 'Jij hebt trouwens ook veel gehuild, nu ik daaraan denk. En je bent vlug in paniek, dat is me ook wel opgevallen.'

Javi denkt aan de eerste keer dat hij haar moest verschonen. Een drama was het geweest. 'Dat was afgrijselijk. Het vloog alle kanten op.' Ze lachen bij de herinneringen. 'Maar uiteindelijk heb ik wél geleerd hoe het moest.'

Donna ziet dat Javi bevestiging nodig heeft - dat heeft hij vaak, dat heeft ze inmiddels geleerd. Ze vindt het een leuk trekje aan hem. Vroeger zorgde de reg daarvoor, nu moet ze het zelf doen. 'Jazeker, en je deed het geweldig.' Donna ziet hem rechter gaan zitten. 'Zo simpel is dat,' denkt ze. Het geeft haar een grote voldoening.

De shuttle is langszij gekomen. Na wat kleine manoeuvres zal de luchtsluis worden gekoppeld.

'Ik moet zeggen dat ik die spelletjes die je hebt verzonnen wel heel leuk vond.'

Javi haalt zijn schouders op, hij is lief bescheiden. 'Je moet iets, hè? Acht weken is lang en als je je verveelt wordt het nog langer. Zonder leuke dingen doen word je alleen maar eenzaam.'

'Dat is waar,' zegt Donna, 'maar als ik me alleen voelde, heb je het wél voor me gedaan. En daar heb je tijd in gestoken en aandacht en energie. Dus dankjewel daarvoor.'

Javi kijkt haar aan. 'Graag gedaan.'

'En dan was ik vaak kortaf. Sacherijnig.' Ze kijkt Javi schuldbewust aan. 'Ik denk dat ik van nature niet zo aardig ben.

Normaal zou de reg me vriendelijker maken, maar nu kreeg je die ellende allemaal zomaar over je heen.'

Javi knikt. 'Ja, dat klopt. Jij kan heel goed vervelend doen.' Hij laat een stilte vallen,

Donna lacht: 'Wat was je verschrikkelijk woest, die keer na het tandenpoetsen.'

Het kost Javi geen enkele moeite om zich het incident te herinneren, het was één van de grootste emotionele explosies van de afgelopen weken. 'Dat was ook terecht. Je had gewoon een dwarse bui, je deed het expres. Ik ben een uur bezig geweest om de bellen en druppels bij elkaar te vissen. Echt smerig werk, ik vond het een rotstreek.'

'Ja, je bent wel driftig. Niet altijd heel geduldig. Dat is wel lastig voor me.'

'Straks zijn we weer geïntegreerd, dan wordt alles weer veel makkelijker. Veel beter.'

'Meen je dat?' Het gesprek valt even stil. Javi hoort de luchtsluizen contact maken. Over twee minuten zal de aflossing er zijn. Hij denkt na over zijn volgende woorden, hij weet dat ze op één of andere manier belangrijk zijn.

'Makkelijker, dat zeker. Maar beter? Ik...,' Javi praat langzamer als hij onzeker wordt, '... eigenlijk weet ik dat niet precies. Ik vond deze weken moeilijk, af en toe was ik eenzaam en ongelukkig. Maar soms ook niet.'

Donna heeft gemerkt dat Javi haar niet aankijkt als hij nadenkt - ze heeft geleerd dat ze hem dan even zijn gang moet laten gaan. 'Weet je.... Aan de ene kant voel ik me onzeker en zou ik graag willen dat de reg dat corrigeert. Maar tegelijk voel ik me er ook wel goed bij. Misschien is die onzekerheid...'

Javi kan zijn zin niet afmaken. De sluis van de brug zwaait open en een zware stem dendert de brug in. 'Zo, jongelui. Jullie dienst zit erop, je mag naar beneden.' Een joviale jongeman zweeft naar binnen. Zijn badge zegt 'John/ John', achter hem kijkt een tweede hoofd naar binnen - ze lijken inderdaad een tweeling. 'Kom er maar snel uit, de shuttle hangt klaar. We moeten opschieten, het venster voor de afdaling is kort.'

Javi maakt voorzichtig de riemen van de stoel van Donna los. Hij weet uit ervaring hoe makkelijk één van haar ledematen klem kan komen te zitten. Zorgvuldig begeleidt hij haar zwevend naar de sluis, hij wil niet dat ze onderweg ergens tegenaan stoot. JJ kijkt hen verbaasd na - natuurlijk is ze geïnformeerd, maar het meemaken is toch net iets anders. 'We praten later wel verder,' zegt Javi tegen Donna.

Ze knikt, het gesprek is nog niet afgelopen.

'KOM BINNEN, JD, IK zat al op je te wachten.' De chirurg wijst hen naar de twee stoelen tegenover hen. Javi helpt Donna om voorzichtig te gaan zitten. De dwarslaesie is verholpen, ze beweegt zich wat zekerder, maar probleemloos is het nog niet.

De chirurg is een drietje, één van hen is verbaal duidelijk de leider - JD is benieuwd welke van de drie de operaties doet. 'Ik heb hier het herstelplan. De integratie moet helemaal opnieuw, dat is wel even een klus. We kunnen straks kiezen of we dat in één keer doen, dan gaan jullie allebei drie weken onder zeil. Of we doen het in vier losse stapjes, dan kost het bij elkaar drie maanden maar ben je wel tussendoor wakker. Als de integratie klaar is, kunnen we de regulator plaatsen. Jullie krijgen een gratis upgrade, die wordt gedekt door de verzekering van jullie werkgever. Dat is een meevaller.' De chirurg-individuen glimlachen erbij.

Javi en Donna kijken elkaar aan.

'We hebben besloten,' zegt Donna, 'om géén integratie te gaan doen...' Ze ziet de gezichten van de chirurg verstijven. '... en dus ook geen reg, we snappen dat die beslissingen samengaan.'

'Dat is ...,' de chirurg zoekt naar woorden. In een ogenblik heeft zijn reg de opwelling van emotie gecorrigeerd en is hij weer helemaal rationeel. '... opmerkelijk.' Hij laat even een stilte vallen. 'Ik kan me trouwens wel voorstellen dat jullie na al die weken samen in één cabine en zonder regulator totaal op elkaar uitgekeken zijn. Dat je dan afkeer voor elkaar ontwikkelt, is volkomen normaal. Maar laat me jullie geruststellen: de reg zorgt daar volledig voor. Je hoeft niet bang te zijn dat je straks vastzit aan iemand die je eigenlijk niet kunt uitstaan.'

Donna glimlacht. 'Dat is niet wat wij bedoelen.' Ze kijkt naar Javi. 'We zijn tot de conclusie gekomen dat we de afwezigheid van integratie waarderen. We houden het zo.'

De gezichten van de chirurg drukken zo veel verbazing uit, dat zijn reg die maar gedeeltelijk kan corrigeren. 'Waarderen? Acht weken onzekerheid en onvolledigheid en instabiliteit en je gaat dat waarderen?'

De gezichten kijken elkaar even aan. Misschien een soort Stockholmsyndroom, schiet het de chirurg door de gedachten - kan hij dat behandelen? Maar misschien is er ook wel een echte psychiatrische afwijking. Zonder reg is daar geen zinnige uitspraak over te doen.

'En wat willen jullie dan nu?'

—<del>卅川卅</del>—

DE ZON GAAT ONDER. De lichte atmosfeer krijgt een vaag rode gloed, hier en daar vangen stofwolken wat scheerlicht.

'Hebben we goed gekozen?' Javi is onzeker, net als altijd. Vroeger, denkt Donna, zou de reg die onzekerheid hebben gecompenseerd. Maar ze vindt hem leuk zo - de onzekerheid past bij hem en geeft zijn karakter diepte.

Donna kijkt hem aan - Javi kijkt strak voor zich uit naar de ondergaande zon. 'Ik weet het niet,' ze pakt zijn hand. 'Ik weet wel dat ik blijer met je ben dan ik ooit geweest ben.'

Eindelijk keert Javi zijn gezicht naar haar toe. Hij heeft het lastig als het over gevoel gaat, denkt Donna. Het verwarmt haar hart.

'Dat heet liefde,' zegt ze. 'Dat maakt ons mens.'

Wolken van Jupiter

'Harald, er is een bericht van SETI. Ze zeggen dat het belangrijk is,' waarschuwt Carla.

Harald heeft gezien dat het scheepsbrein gisteren een serie meetgegevens heeft verstuurd. Data over de Jupiter-wolken, over temperaturen en wind, over dichtheid en bliksems, over magneetvelden en geluidsmetingen. Allemaal nauwkeurig verzameld door de tientallen boeien die zijn wooncomplex Sagan in de afgelopen decennia heeft uitgezet.

Natuurlijk heeft hij een snelle blik op de meetreeksen geworpen. 'Gewoon hetzelfde als elke maand,' had hij geconcludeerd. In veertig jaar die ze nu meten, is er nooit een herhaling geweest van het fabuleuze carillon dat de Jupiter-sonde bijna vijf decennia geleden heeft opgevangen - de beroemde orgie van melodieuze harmonieën die door de Jupiter-atmosfeer galmden en die voor iedereen het bewijs waren van leven op de reuzenplaneet. Er is geen klokje meer gehoord, zelfs geen echo ervan. Jupiter is sinds dat fantastische spektakel decennialang stil en leeg gebleven.

'De meteorologen bedanken je, ze zijn er nu zeker van dat kleine witte stormen fuseren tot grote en dan pas rood worden,' meldt Carla. 'Ik heb ook een video-mededeling ontvangen, die heb ik voor je geopend.'

Het is aardig van SETI dat ze elke keer melden dat de metingen nuttig zijn voor Jupiter-meteorologen. Harald zelf vermoedt dat hij het meest nutteloze baantje van het zonnestelsel heeft. Die gedachte verdringen lukt hem niet meer.

'Dankjewel, Carla, we luisteren straks in de woonbol.' Hij wil zijn warme douche afmaken. Douchen is de enige luxe die hij nog heeft.

'Pappie, kom je nou? Ik wil Trekkie kijken.' Jocky zit in de woonbol voor zich uit te kijken naar het zwarte datascherm. Het scherm is haar leven - de afgelopen vijftien jaar heeft ze alle stokoude afleveringen van Star Trek en alle afgeleide shows zeker honderd keer gezien. Ze is elke keer weer even enthousiast, het is het enige voordeel van Alzheimer. Als haar serie niet draait, wordt ze boos. Hij weet dat ze er niets aan kan doen, het vertrek van de sprankelende geest van de vrouw van zijn leven doet hem pijn.

'Ja, schatje, ik kom zo.'

Nieuws volgen ze al twee decennia niet meer. Jocky werd in de beginfase van haar dementie bang van de berichten over droogte en verhuizende mensenmassa's en wateroorlogen. Harald wilde haar niet belasten met problemen waar ze niets aan konden doen, het was maar een kleine concessie. Hun wereldje is steeds kleiner geworden, ondanks hun duizenden kilometers reizen in de eindeloze wolken van Jupiter.

'We zitten, Carla. Zet maar aan.'

Het scherm springt aan. 'SETI voor onderzoeksproject Sagan' zegt een stem.

HET ZAL ANDERS

Er verschijnt een gezicht in beeld, Harald herkent de jongeman niet, de laatste jaren zijn het telkens andere en steeds jongere mensen die het contact verzorgen.

'Dag Harald en Jocky,' De man knikt vriendelijk, 'Allebei nog gefeliciteerd met Jocky's tachtigste verjaardag.' Harald had vorige week een paar verjaardagsliedjes voor haar gezongen, ze had ervan genoten.

'We sturen in een bijlage de analyse van jullie laatste zending,' gaat de jongeman direct door. 'Dank daarvoor. Het was nuttig, maar er zijn geen verrassingen.'

Dat is niet verbazend, denkt Harald cynisch, er zijn al veertig jaar geen verrassingen. Niet in de elektromagnetische golflengten waarin ze meten, niet bij de akoestische sondes die ze hebben uitgezet, niet bij de magnetische bakens, niet in de correlatie van signalen, niet in de luchtmonsters. Gewoon: geen enkel teken van leven.

'We hebben vorige maand een nieuwe commercial over jullie project gelanceerd. Ik laat hem nu even zien.' Hij zegt 'jullie project' valt Harald op, niet 'ons project'. The devil is in the details. Hij is eenzaam in steeds meer opzichten.

Het beeld springt op zwart, dan verschijnt het SETI-logo. Een stukje zachte klassieke muziek start, langzaam gaat het volume omhoog. 'Veertig jaar geleden opende SETI de communicatie met onze buren op de planeet Jupiter,' zegt een commentaarstem terwijl beelden verschijnen van de inscheping van Project Sagan.

'Oh, leuk, kijk pappa, dat ben jij,' roept Jocky enthousiast als Harald naar de camera zwaait. Als ze direct daarna zelf in beeld verschijnt, blijft het stil. Een paar maanden geleden zou ze zichzelf nog wel hebben herkend, denkt Harald. Weer een verlies om te incasseren.

HARALDS GEHEUGEN IS nog scherp, hij herinnert zich elk detail van die tijd. Jocky en hij hadden afzonderlijk van elkaar hun plekje op het Sagan-project verdiend met een enthousiaste sollicitatie en in een hard selectietraject. Hij was een paar jaar jonger dan zij, de psychologen hadden voorspeld dat ze een perfect koppel zouden zijn. De psychologen hadden gelijk gehad - omdat ze de rest van hun leven op de Sagan samen zouden zijn, vond Jocky het een leuk gebaar om officieel te trouwen. Ze was betoverend mooi geweest met haar prachtige bos kroeshaar in de witte jurk die de schoonheid van haar donkere huid benadrukte. De lancering werd bijgewoond door honderden dodelijk jaloerse collega-exoplanetologen.

'Dit zijn de ontdekkingsreizigers van onze eeuw,' roept de commentaarstem, terwijl de zware draagraket hen de aardse dampkring uit tilt. 'Project Sagan is de Columbus van ons zonnestelsel.'

Dat klonk wel mooi, denkt Harald. Ze hadden er zelfs een paar jaar in geloofd. Het verschil was natuurlijk dat Columbus land had gevonden. Land met inwoners. En zij? Ze zouden de eerste mensen zijn die buitenaards leven zou gaan ontmoeten. Het was niets geworden.

De commercial duurt te lang voor Jocky, ze is inmiddels afgeleid. Haar vingers hebben de wol van haar trui gevonden en ze begint te zoeken naar pluisjes.

'Toen de Sagan op Jupiter arriveerde,' vervolgt de enthousiaste stem, 'was dat het eerste bezoek van de mens aan de planeet van onze naaste buren.'

Hun collega's waren nog steeds jaloers toen Project Sagan na de lange reis begon aan de entree in de atmosfeer van reuzenplaneet. De gigantische ballonnen werden opgeblazen, het wooncomplex van vier bollen daalde rustig tot de stabiele hoogte in Jupiters bovenste luchtlagen.

Op het scherm verschijnen de beroemdste beelden van hun reis. 'O, kijk, Jocky,' probeert Harald haar aandacht te trekken. 'Dat was toen we voor het eerst naar buiten konden kijken.'

Jocky kijkt hem verbaasd aan. Deze gebeurtenis is uit haar geheugen verdwenen. Ze weet niet meer dat de beschermingskappen van de panoramaramen vielen en ze voor het eerst hun nieuwe wereld zagen: de roomwitte horizon met zachtgele tinten, de pluizige roze en zachtbruine wolken die rondom hen dreven. Verderop dreef onder hen het grote rode stormoog met de omringende bruinwitblauwe wolken, kringelend als het schuim van cappuccino. Harald hoort op de commercial hun eigen stemmen enthousiast over het uitzicht vertellen. Hij wist dat de wereld meekeek, in zijn gedachten hoorde hij de zuchten van verbazing van de collega-exoplanetologen. Het was het mooiste moment van zijn leven geweest.

'En nu, tientallen jaren later, trekken deze helden nog steeds onvermoeibaar door de atmosfeer van Jupiter,' zegt de commentator. De simulatie toont hoe hun Sagan boven het fotogenieke oog langstrekt. De snelheid is onrealistisch hoog, ziet Harald, Jupiter is zo ontzettend veel groter dan ze zich op aarde kunnen voorstellen.

'Ze zijn op zoek naar tekenen van leven. Het moet er zijn. Ze zullen het vinden.'

Elke maand had Carla meetresultaten doorgestuurd. Er was in alle richtingen op alle manieren geobserveerd. Ze hadden op de wind reizen gemaakt van tienduizenden kilometers - alles bij elkaar hadden ze ongeveer één tiende van de omtrek van de planeet afgelegd. Ze hingen nu sinds vijf jaar boven het rode oog van de storm.

'Het is soms ondankbaar werk...,' vertelt de commentator, zijn stem klinkt voldoende meelevend. '...maar dat is elk fundamenteel onderzoek.' Het voortdurende enthousiasme wordt een beetje irritant, merkt Harald, bovendien is 'soms' een geweldig understatement. 'Ondankbaar' is wel het goede woord. Toen in de loop van het eerste decennium resultaten uitbleven en Jupiter vanuit het wooncomplex net zo dood en ongenaakbaar bleek als vanaf de aarde, viel de publieke belangstelling snel weg. Niemand was meer jaloers.

De commercial is bijna afgelopen. 'Wij bij SETI gaan door. We blijven zoeken naar onze buren.' Iedereen snapt dat nu de vraag om geld gaat komen. 'Die buren zijn daar ergens en we zullen hen vinden. Blijf ons steunen.'

Het logo van SETI verschijnt in beeld met de code voor donaties. Er klinken een paar majestueuze akkoorden. Dan draait het beeld op donker.

De jongeman verschijnt weer. 'We hebben helaas niet veel donaties ontvangen.' Hij kijkt passend somber. Geld was vanaf het begin een probleem, na het eerste decennium kon SETI de bevoorradingsmissies niet meer financieren. Jocky en Harald gingen leven van wat hun fabrieksbol kon maken uit de schaarse grondstoffen uit de atmosfeer. De recycling ging naar

100%, er mocht geen molecuultje meer verloren gaan. Het was onmiddellijk gedaan met smakelijk eten en drinken.

'Mensen hebben tegenwoordig met de watertekorten en regionale oorlogen andere dingen aan hun hoofd.' De jongeman kijkt zo medelevend mogelijk. 'We moeten onze organisatie afslanken.'

Jocky is haar belangstelling volledig verloren, Alzheimer plukt aan haar truitje. Ze wordt rusteloos en het zal niet lang duren voor ze weer om Star Trek zal vragen. Harald pakt haar hand en speelt wat met haar vingers, dat maakt haar rustiger.

'We moeten ons communicatiecentrum helaas ontmantelen.' De jongeman kijkt treurig. 'De kosten voor koeling worden te hoog. De slijtage van onze apparatuur... Nou ja, het kan niet meer.'

Jocky kijkt Harald aan. 'Je hebt lekker zachte handen.' Ze dementeert lief, denkt Harald vertederd. Hij is zo blij dat ze niet onhandelbaar wordt. Of boos. Hij vraagt zich de laatste tijd steeds vaker af hoe ze hier zullen gaan sterven.

'Dit is daarom het laatste contact. Onze schotel wordt uitgeschakeld en we zullen niet meer uitzenden. Jullie datadumps worden voortaan opgevangen door NASA, we gaan met hen overleggen wat we er nog mee kunnen doen.'

De jongeman kijkt zo bedroefd als hij kan opbrengen. 'Wij danken jullie voor jullie inspanningen.' Hij valt even stil. 'En we wensen jullie het beste.' Vlak voordat het beeld zwart wordt, ziet hij hoe de jongen zich omdraait naar iemand naast de camera. Zijn gezicht toont dat hij zelf vindt dat hij het goed heeft gedaan.

'Ik wil Trekkie.' zegt Jocky. Ze knijpt in zijn handen om haar wens te benadrukken. 'Ik wil nu Trekkie zien.'

'Carla, er komt geen antwoord voor SETI,' zegt Harald. Hij zou niet weten wat hij nog tegen de organisatie zou moeten zeggen, hij zou ook niet weten of het nog wel ontvangen zou worden. Ze zijn klaar.

'Carla, zet Star Trek maar op,' zegt Harald.

'Welke serie en welke aflevering wil je?' vraagt de KI.

'Maakt niet uit. Ga maar door waar we gestopt waren.' Harald denkt na. 'Oh, nee, begin die aflevering maar opnieuw. Jocky geniet zo van de intro.'

Jocky weet niet waar ze gebleven was, hij weet niet hoe ze verder moeten.

—————‖‖‖‖‖—

'CARLA, IK WIL EEN NIEUWE koers uitzetten.'

Harald heeft de afgelopen nacht een beslissing genomen. Zelfs als ze vandaag inboorlingen van Jupiter zouden tegenkomen..., zelfs dan is het onzeker of ze het nog kunnen rapporteren. En stel dat Jocky slechter wordt. Of nog erger: als hemzelf iets overkomt en hij niet meer voor haar zal kunnen zorgen. Hij kan niet meer afwachten.

'Goed, Harald. Wat wordt de bestemming?'

'Ik wil horizontaal naar een punt recht boven het oog van de grote storm. En daarna gaan we recht naar beneden. Door het oog heen, zo diep als we kunnen komen.'

Wind is het grootste probleem in de atmosfeer van Jupiter. Op de hoogte waarop Sagan nu hangt, is het rustig – de windsnelheden zijn niet hoog en de windrichting is stabiel. Als ze gaan dalen, zal het snel slechter worden. Door het oog van een storm is vermoedelijk de rustigste afdaling die mogelijk is.

'De route naar het oog is geen probleem, Harald.' Zoals altijd geeft Carla zakelijk antwoord, ze zou als KI natuurlijk ook niet anders kunnen. 'We moeten ongeveer vijfhonderd meter omhoog voor de goede windrichting, de baanparameters staat inmiddels in de planner voor jouw akkoord,' antwoordt De KI. 'Voor een afdaling moet ik melden dat ik dat afraad vanwege de zware wind en de toenemende luchtdruk.'

'Ik heb je advies gehoord,' zegt Harald. 'Ik zal de route activeren.' De reis naar het oog duurt twee weken.

ALS HARALD DOOR HET panoramaraam naar buiten kijkt, strekt de roodbruine vlakte zich naar alle kanten onder hem uit. Van zo dichtbij gezien is het oppervlak een ingewikkeld samenspel van veel stormcellen die in een macabere dans om elkaar draaien en in elkaar vervlochten zijn geraakt. De windsnelheden zijn gigantisch; waar de cellen elkaar raken, wijzen de wilde sporen op de meest verwoestende winden. In het centrum liggen tussen de stormcellen een paar donkere vlekken. Daar is het weer relatief rustig, het is voor een afdeling de enig acceptabele plek.

'Jocky, kom eens kijken. We gaan nog één keer rondkijken voordat we naar beneden gaan.'

'Harald. Ik adviseer je om hier niet af te dalen,' klinkt de stem van Clara over het dek.

'Zijn er andere plekken waar een afdaling veiliger kan?' vraagt Harald tegen beter weten in. Het antwoord van Clara is naar verwachting: 'Afdalen is nergens veilig.'

'Maar hier in een oog is het gevaar het kleinst?'

'Dat kan ik niet zeggen,' antwoordt de KI. 'Er is onvoldoende informatie.'

'Goed, dat is duidelijk,' zegt Harald. Jocky is naast hem komen staan, hij houdt haar hand vast terwijl ze samen naar buiten kijken. Boven de rode horizon zijn de vage ringen van Jupiter zichtbaar tegen de donkere sterrenhemel. Het uitzicht is fantastisch, het is de laatste keer dat ze het zullen zien.

'Dat is best mooi, hoor, pappie. Maar ook saai. Ik wil Trekkie.' Jocky glimlacht vriendelijk tegen hem. Sinds anderhalf jaar noemt ze hem alleen nog maar 'pappa'. Dat is vertederend, het geeft haar veiligheid en ze wordt er rustig van als hij als vader reageert - hij kan er goed mee leven. Vorige week dacht ze een paar uur dat hij haar oudste broer was – dat was minder leuk, ze was bang voor haar broer en ze was permanent boos geweest. 'Pappa' is beter, maar ook pappa gaat verdwijnen, weet Harald. Er is alleen maar inleveren.

'Dat is goed, Jocky. Kijk maar lekker naar de televisie.' Dat vindt ze een prettig woord, ze kent het nog van vroeger.

'Clara, begin aan de afdaling,' beveelt Harald als Jocky naar de monitor is vertrokken. 'Neem alle meetgegevens op en stuur alles naar de Aarde zolang je nog zenders hebt.'

'Akkoord, Harald. Ik verlaag nu de druk in de ballonnen. De afdaling begint.'

Harald houdt het dashboard in de gaten. De maat voor diepte is de druk en die begint langzaam op te lopen. Toenemende druk verkleint de draagballonnen, als Carla de ventielen open laat staan zullen ze verder leeglopen en de Sagan zal sneller dalen. Zelfs zonder ballonnen zal ergens in de diepte het volume van het wooncomplex voldoende zijn voor de benodigde opwaartse druk. Harald weet alleen niet of de bollen van het wooncomplex op dat moment die druk zullen kunnen weerstaan. Toen hij het aan haar vroeg, kon Carla ook geen antwoord geven.

'Geef me de achtergrondinformatie over deze rode vlek, Carla,' vraagt Harald. Zelfs op zijn oude dag is hij grenzeloos nieuwsgierig.

'De diameter van de vlek is op dit moment ongeveer 12.000 kilometer,' leest Carla voor van de informatiepagina. 'Hij is de afgelopen eeuwen kleiner geworden, ook in de tijd dat wij hier rondzweven. De NASA heeft daarvoor geen sluitende verklaring. Misschien verdwijnt de vlek over honderd jaar, er zijn geen modellen die hierover iets zinvols zeggen.'

Het voorlezen door Carla is prettig. Zijn ogen zijn de laatste jaren achteruitgegaan, het lezen is lastig geworden en ze hebben geen brillen meegenomen.

'De wolk steekt acht kilometer boven de dichtere wolkenband uit. De dikte van de storm is niet precies bekend, maar vermoedelijk ongeveer 200 kilometer. Onder de wolk is gaat de atmosfeer dan nog 2.800 kilometer omlaag tot de kern van de planeet.'

'Goed, stop zo maar. Dat hoef ik niet te weten, zo diep komen we niet. Graag wel permanent reisinformatie.'

Clara zwijgt een moment.

'We zijn nu zes kilometer boven het oog van de storm. Daalsnelheid is vijf kilometer per uur. Over een uur is onze daling onomkeerbaar.'

Harald draait zich om naar Jocky. 'We gaan een tochtje maken, Jocky. Het wordt net als een beetje wild spelen. Dat vind je toch leuk?'

Jocky lacht. 'Ja, spelen vind ik leuk. Maar niet als het te wild wordt, pappie, dat weet je wel.'

Harald pakt met beide handen voorzichtig haar hoofd vast. Ze is de laatste jaren magerder geworden, haar hoofd is fragiel en haar huid kwetsbaar. Haar prachtige donkere kroeshaar is nu zo wit en zo dun dat hij de aderen op haar hoofdhuid kan zien lopen. De tijd is hard geweest, realiseert hij zich. Gelukkig is hun tijd bijna voorbij. Hij drukt een kus op haar voorhoofd: 'Ik zal zorgen dat het niet te wild wordt, Jocky. Het wordt leuk.'

In de keuken verzamelt hij wat er nog aan lekkers aan boord is – een klein beetje water met suikersiroop, een tube vitaminedrank met een zachtzure smaak, een paar brosse koeken. Dan zet hij alle sluizen naar de andere bollen op het drukslot – Sagan bestaat nu uit afzonderlijke eenheden zodat een breuk in een andere bol niet meteen hen treft.

Hij gaat naast Jocky zitten op de bank in de woonbol. Hij legt zijn arm om Jocky's schouder, hij kijkt naar het panoramaraam terwijl Jocky op televisie Star Trek volgt. Dit wordt hun gezamenlijke afdaling.

'We gaan nu het oog binnen,' klinkt de stem van Carla. 'De daalsnelheid is tien kilometer per uur en stijgend. Windsnelheid is dertig kilometer per uur.'

'Ik vind het niet leuk als het donker is,' klaagt Jocky, als de heldere hemel langzaam verdwijnt en in het raam alleen nog maar donkere wolkpartijen te zien zijn aan de grenzen van het oog. De strepen van bruin en donkerrood schuiven over elkaar.

'Windsnelheden in de storm zijn boven 400 kilometer per uur,' meldt Clara. Omdat de wolkenwand zich op honderd kilometer afstand bevindt, lijkt de beweging traag. Hij mag zich daardoor niet laten misleiden, weet Harald, de Sagan moet ver van die wanden vandaan blijven.

'Kijk. Lampen.' Als Jocky even naar buiten kijkt, ziet ze de rijen rode lichtflitsen - voortdurend lichten wolken op door de ontladingen dieper in het wolkendek.

'De daalsnelheid is gestegen tot twintig kilometer per uur. Windsnelheid is stabiel.' Carla klinkt tevreden, Harald weet dat het zijn behoefte is die dat gevoel in de stem legt. Toch laat hij zich overtuigen. 'Maar we drijven wel langzaam uit de kern weg.'

'Ik vind het eng, zo donker,' meldt Jocky. Onmiddellijk geeft Harald opdracht om de lichten harder te zetten. Jammer, het uitzicht is op deze manier minder spectaculair. Jocky gaat natuurlijk voor.

Het schudden van de woonbol neemt toe. De donkerrode wand is duidelijk dichterbij gekomen. 'Kijk eens hoe mooi het buiten is,' probeert Harald zijn vrouw bij het panoramaraam te betrekken. Hij wijst naar de wolken die als feestverlichting oplichten door het gewelddadige weerlichten achter de donkere wanden.

Jocky kijkt eventjes. 'Ik vind die kleine witte vlammetjes het leukst,' zegt ze. 'Die rode zijn te groot.' Dan keert ze zich weer naar haar televisie.

Harald ziet het. 'Carla, zet eens een paar van die bliksems op video. Vooral de manier waarop de gele flitsen aan het eind splitsen in steeds rodere takken. En volgens mij eindigen die takken allemaal in donkerrode flitsen. Dat vinden onze meteorologen vast wel interessant.' Als ze het al ooit te zien krijgen, denkt hij er achteraan.

'Statusupdate van onze ballonnen. De lijnen zijn verward geraakt.' Als er nog enig idee was dat de KI menselijke trekjes had, dan is die nu weg: de boodschap is volledig emotieloos. 'Eén ballon is inmiddels gescheurd, de twee overgebleven ballonnen laat ik langzaam leeglopen.'

Het schokt Harald niet, ze moeten toch naar beneden. Op deze manier zijn de kapotte ballonnen als sleepklos nog nuttig: ze stabiliseren de val van de Sagan.

'De schotels zijn allemaal offline, ik kan geen berichten verzenden.' Zou het voor een KI iets betekenen als de doelstelling van het bestaan langzaam wegvalt? Hij besluit om het niet te vragen, hij wordt emotioneel bij de gedachte en dat wil hij Jocky niet aandoen.

'De valsnelheid is opgelopen tot vijftig kilometer per uur. Afstand tot de wand is stabiel.' De woonbol schudt nu duidelijk harder, ze zijn ook al een paar keer rondgetold.

'Carla, wat zijn die flarden die ik zie passeren?' Harald is er niet zeker van of hij echt iets ziet of dat zijn ogen hem voor de gek houden – af en toe heeft hij last van troebele vlekken in zijn zicht. Het lijkt wel of er gaswolken een beetje oplichten.

'Ik krijg geen meldingen van de meetapparatuur, Harald,' antwoordt de KI. 'Optische instrumenten hebben het af en toe moeilijk om scherp te stellen. Lokale verschillen in samenstelling van het gas zouden zo'n effect kunnen hebben.'

Het wordt donkerder buiten. Het interieur wordt alleen nog verlicht door de monitor die al Jocky's aandacht trekt. Star Trek zorgt voor achtergrondgeluiden.

'We naderen de onderzijde van de storm. De buitendruk is nu hoger dan de ontwerpcriteria van het project.' Het is de nette manier om te zeggen dat de bollen zullen bezwijken onder de druk. De Sagan zal als een papiertje verfrommeld worden.

'We gaan gewoon door,' zegt Harald. Hij kan het niet afgeblazen, natuurlijk, maar het geeft hem een goed gevoel om er opdracht voor te geven. Het geeft hem het gevoel dat hij nog regie heeft, een klein beetje zeggenschap over zijn eigen lot. Op een merkwaardige manier heeft hij meer het gevoel dat hij leeft dan hij in decennia heeft gehad.

'Ha, meid, kom eens lekker bij me knuffelen,' zegt hij tegen Jocky. Ze kijkt geconcentreerd naar de Enterprise die door de ruimte snelt, op zoek naar werelden en avonturen waar geen mens ooit eerder aan is begonnen. Jocky voelt dat hij tegen haar aan hangt, haar intuïtie voelt zijn behoefte aan veiligheid. Ze kruipt dicht tegen hem aan en kijkt omhoog – ze heeft geen idee wie hij is en wat hij bedoelt, maar ze geeft de liefde die hij nodig heeft.

'Over enkele minuten verlaten we het oog en komen we in een onderliggende atmosferische laag terecht,' onderbreekt Carla zijn piekeren. 'Mijn apparatuur geeft aan dat de windsnelheden daar aanzienlijk lager liggen dan in de wolk zelf.'

Plotseling licht buiten het gas kort op. Dat was een merkwaardige blauwe gloed! De woonbol schokt, kantelt een beetje en blijft iets scheef hangen.

'De slaapbol is geïmplodeerd,' meldt Carla. Harald realiseert zich dat de blauwe gloed afkomstig was van de zuurstof uit de slaapbol die met de waterstof uit de atmosfeer reageerde. Ze hebben water gemaakt, een zeldzaam molecuul in deze omgeving.

'De valsnelheid loopt op.' Dat is logisch, de opwaartse kracht door hun volume is verminderd. Een paar seconden later licht de buitenwereld opnieuw blauw op – dit keer is de flits feller en langer. Het licht valt uit, Carla meldt zich niet. De afwezigheid van het zachte suizen van de luchtcirculatie valt opeens op.

'Ster Trek doet het niet meer,' klaagt Jocky en ze kijkt Harald smekend aan.

Dat was de fabrieksbol, bedenkt Harald. De felle flits was de zuurstofopslag en de klimaatinstallatie. Alle elektrische systemen zijn uitgevallen, inclusief de server van Carla. Alles is verlies.

'Ik kom lekker naast je zitten, liefje. We gaan naar buiten kijken.' Harald legt zijn arm over haar schouder. Buiten verdwijnen de rode wanden uit het zicht. Het is nu stikdonker.

'Weet je nog, Jocky, dat je vroeger buiten liep en dat de lucht blauw was?'

'Ja, pappie, dat weet ik nog wel.'

'En hoe we dan gingen wij wandelen. In het bos.' Ze pakt zijn hand. Herinneringen ophalen doet haar altijd goed, ook als het niet hun gezamenlijke herinneringen zijn. Of misschien moet hij zeggen: als het alleen voor haar gezamenlijke herinneringen zijn.

Is het werkelijk donker buiten? Nu zijn ogen aan het duister gewend raken, ziet Harald de flarden weer. Hij weet niet precies hoe groot ze zijn of hoe ver weg ze staan maar ze zijn er. Tientallen. Honderden. Vage strepen in de lucht, zacht glanzend in transparante pastelkleuren. Is dit echt of is het een zinsbegoocheling, een eerste teken van zuurstoftekort?

Jocky is dichter tegen hem aan gekropen. Ze heeft zijn hand tegen haar borst gedrukt en kijkt naar buiten. 'Mooi,' hoort hij haar zacht mompelen, 'ik houd van roze.'

Van beneden komen nu kleine, rode belletjes naar boven. Eerst een paar, al snel worden het er heel veel. Of misschien komen de belletjes niet naar boven, misschien is het gewoon de Sagan die in een bellenveld naar beneden zakt.

'Kijk eens, pappa. Ik zie priklimonade.' Harald moet lachten, hij knuffelt haar hoofd.

De belletjes concentreren zich bij de veel grotere roze flarden. Ze kleven eraan vast. Met honderden tegelijk.

Na een paar seconden worden de bellen groter, de kleur verandert naar oranje. Als ze zich hechten en in een gasflard oplossen, lijkt het wel alsof hij een klingeltje hoort. Kan dat het geluid zijn van een imploderende bel? Kan zulk geluid van buiten doordringen in de bol? Houdt zijn geest hem voor de gek?

'Hoor je die belletjes, Jocky?' vraagt hij aan het kleine hoopje mens naast hem op de bank. Jocky houdt haar hoofd even scheef, dan schudt ze van niet.

De bellen worden duidelijk groter, ze zijn nu feloranje. Het geklingel wordt luider. 'Ja, nu hoor ik ook belletjes,' zegt Jocky, in haar soezerigheid is ze toch nog enthousiast. 'Net als van een paard dat in de sneeuw loopt.' Ze kijkt hem aan, ze hebben iets samen en dat maakt haar blij.

'Inderdaad, Jocky, het klinkt net als een arreslee. Wat leuk is dat!' Jocky antwoordt niet, ze is naast hem weggedommeld. Het zuurstoftekort laat zich voelen.

Harald krijgt moeite zich te concentreren op de langsdrijvende flarden en het oranjerood van de steeds grotere bellen – het is een hypnotiserend gezicht.

'Waar zit ik nou naar te kijken?' IJlend formuleert hij alternatieven. Druppels vanuit de kern die rondzwevende planten voeden? Virussen die een gastheercel infecteren? Luchtdoelgeschut van bewoners van diepere luchtlagen? Boeren die vogels afschieten om hun oogsten te beschermen?

De bellen worden groter en roder, het geklingel gaat over in galmen. Hij herinnert zich dat hij de Domtoren beklom en op dat moment de hoofdklok geluid werd. Die pijn in zijn oren zal hij nooit vergeten. Dit wordt harder...

Ziet hij jonkies die een veilige plek in een draagmoeder zoeken? Zijn het zaadcellen die eicellen bevruchten? Hij schudt zijn hoofd om al zijn domme aardse parallellen te verdrijven. Dit is Anders. Hij is de enige mens die het ooit zal zien en hij zal nooit weten wat het is.

Jocky zit onbeweeglijk naast hem op de bank. Hij weet niet of het een diepe slaap is of inmiddels iets anders. Hij voelt zichzelf wegzakken in het zuurstofgebrek. Het is goed. Hij geeft zich over.

Het luiden van de klokken wordt steeds harder.

Het panoramaraam versplintert.